변두리에
변두리가
산다

# 변두리에
# 변두리가
# 산다

최한식 수필집

정출판

# 찐득이로
# 살아야지

집을 나서려는데 머리를 빗기던 아내가 찐득찐득하다고 한마디 한다. 자주 감지 않아 머리카락이 찰싹 달라붙었다는 게다. 그 말을 듣는 순간 반짝하며 스치는 게 있다. 거리를 두지 않고 밀착되어 좋은 것이 있을 듯해서다. 난방을 위한 불은 적당한 거리를 유지해야 한다. 너무 가까우면 불에 타버리거나 델 것이다.

하지만 부부사이는 가까울수록 좋다. 꿈을 이루려 하면 몰입을 해야 하고 그것은 대상과 자신이 하나가 되는 것이다. 달라붙어 뜻을 이루기 전에는 떨어지지 않는 찐득함이 있어야 목표를 이룬다.

　이런저런 기회에 내 특징을 드러내는 상징처럼 사용하는 낱말들이 있다. 유야무야(有耶無耶), 흐지부지도 그런 것들이다. 목회자 모임에 새로 들어가면서 내 자신 유야무야하게 살겠다고 소개를 했다. 그런 유(類)의 말을 들으면 은연(隱然) 중에 달갑지 않게 여기고 언짢아하는 분들이 있다. 내 근본 의도는 아무 문제도 일으키지 않고 어떤 일에 깊이 얽히지 않고 내 할 일에 힘써 있어도 있는 것 같지 않아 부담스럽지 않고 서로 멀지도 가깝지도 않아[不可近不可遠], 없어도 있는 것처럼 편하게 행동하겠다는 뜻이다. 있어도 거리적 거리지 않는 삶은 승용차로 잘 포장된 도로를 가는 것 같은 유연한 삶이다. 얼마나 좋은가, 얼마나 이상적인가. 그렇게 살지 못해 한이지 부정적인 것이 무엇이 있는가.
　어떤 이들은 나를 가리켜 존재감이 분명한 사람이라고 말한다. 내 자신이 그렇지도 못하거니와 만약 그 상태가 된다고 하면 내가 원하는 단계에 이르지 못한 게다. 아직 모나고 울퉁불퉁한

껄끄러움을 벗어나지 못한 것이기 때문이다. 있고 없을 때가 확연히 드러나는 것은 그리 바람직하지 않다. 공기나 물, 몸의 어느 부분도 좋은 상태를 유지하고 있을 때에는 그 존재를 제대로 의식조차 하지 못한다. 정상에서 벗어나 문제가 생겨야 그 심각성과 중요성을 알고 허둥댄다.

다른 어휘 중 하나가 "흐지부지"이다. 시작은 요란한데 끝이 지리멸렬(支離滅裂)해지는 것을 여러 곳에서 보았기 때문에 나 자신에 대해서 경계하자는 의미와, 내 삶에서도 그러한 것들이 적지 않으니 크게 기대할 만한 사람이 아니라는 것을 미리 알리는 게다. 용두사미(龍頭蛇尾), 작심삼일(作心三日), 유시유종(有始有終), 초지일관(初志一貫) 같은 말들이 괜히 생기지는 않았을 것이다. 시대가 아무리 달라져도 흐지부지한 사람이 환영받는 것을 기대하는 건 쉽지 않으리라. 마음이 느슨해지고 소홀해져 하던 일을 제대로 끝맺지 못하는 것은 누구에게도 바람직하지 않다. 주도하는 이와 참여하는 이 모두가 미진(未盡)함을 지울 수 없다.

그에 비하면 "찐득이"는 얼마나 선망할만한 자세인가. "스티커(sticker)", "스티커사진"이라는 말을 듣곤 하는데 그것들을 생각만 해도 접착력이 얼마나 대단한가 알 수 있다. 책이나 문구류 등에 가격을 표시하기 위해 붙이는 작은 스티커들은 나중에 일부러 떼어내려 해도 쉽게 분리되지 않고 때로는 물건에 상처를 내기도 한다. 그 의미가 찐득하다는 말과 통한다. 찐득하다는 어감을 작게 하면 "진득하다"가 된다. 사람을 소개할 때, "그 사람 참 진득해"라고 하면 긍정적 평가다. 쉽게 변덕을 부리지 않는 믿을 만한 사람이라는 뜻 아닌가.

마땅히 해야 할 일도 그치지 않고 오랜 세월 하기가 쉽지 않다. 너무 많은 것을 하려 할 때 한 가지도 제대로 이루지 못하는 것을 보곤 한다. 자신이 확신한 일을 진득하게 지속하면 힘쓴 만큼 얻게 되지[盡得] 않을까. 이 진득을 강하게 소리 낸 것이 찐득이라고 하면 어떨까. 현대인의 집중력이 점차 짧아진다고 한다. 스스로의 일을 이루는 이들은 한 가지 일에 놀라운 집중력을 쏟아붓는 이들이다. 순간적인 집중력이 불을 일으킨다고 하면 지속적인 집중력은 바위를 뚫는다. 두 가지가 다 필요하지만 내 개인적으로는 뒤엣 것을 더욱 갖고 싶다.

유야무야나 흐지부지가 부정적인 어감을 준다면 진득하다는 표현은 긍정적이다. 하지만 '찐득이'에 이르면 부정적으로 받아들인다. 듣는 이들이야 어떻게 이해하든 스스로는 내 하는 일에 지속적으로 열(熱)과 성(誠)을 쏟아 보겠다는 굳은 다짐이다. 그 과정이 승용차로 포장된 도로를 달리듯, 유야무야한 경지가 된다면 그야말로 금상첨화가 아닐까. 말에 그치는 것이 아니라 삶의 자세로 굳어지도록 기회가 되는대로 찐득이를 진득하게 사용하며 살고 싶다.

매사에 재주 없고 시원치 못한 내게 글을 가르치고 때때로 격려하며 애타하셨을 김홍은 교수님께 어떻게 감사를 표해도 부족하다는 것을 잘 안다. 일일이 드러내지 않아도 한없이 고마운 이들이 많다. 함께 책을 읽고 생각을 나누는 이들, 함께 수필을 배우고 서로 격려하던 방송대 충북지역 글 친구들, 특별히 충북대 평생교육원 수필반 문우님들을 잊을 수 없다. 언제나 힘이 되어준 아내와 세 딸, 내 사역을 이해해주는 이들 모두에게 감사를 표한다. 등단하면서 했던 말, 지구 반 바퀴를 타박타박 걷는 마음으로 길게 글을 쓰겠다는 각오를 잊지 않으련다. 이제 마라톤 여정을 출발하는 마음으로 몸가짐을 가볍게 하고 뛰다 걷다 하며 오래 가고 싶다.

2017. 9.
최 한 식

# 목차

변두리에 변두리가 산다

**프롤로그**

찐득이로 살아야지 _004

**작품해설**

김홍은(수필가, 충북대 명예교수) _264

# Ⅰ. 변두리에

## 1. 복된 마을 :

풀꽃 피는 산책길에서 _017
비 오는 날에는 _021
큰개불알꽃 _025
녹색잔치 _029
인정人情의 다리 _033

늦게 핀 장미 _037
하늘 낮은 날 _041
비 온 후 가경천변 _045
친근했던 풀들 _049

## 2. 뒤뜰과 꽃밭 :

나팔꽃 _055
바람에 흔들리는 나비 _059
대견한 패랭이 _063
혼돈의 세월들 _067
초겨울 꽃밭에서 _071
아내와 꽃밭 _075
수手 싸움 _080
축제가 끝나면 _084
샤스타데이지 _088


# Ⅱ. 변두리가

## 1. 변두리 생각 :

변두리의 변 _093
자본주의의 민낯 _097
이 길(市場經濟)이 맞나 _101
장미에 대한 사색思索 _105
필요한 부부싸움 _109
청심환 한 병 _113
내 태몽과 밤栗 _117
어느 모임의 임원 선출 _121

# 목차

변두리에 변두리가 산다

세상에 이런 일이 _125
외손녀들은 교양인이 되려나 _129

## 2. 변두리 상상 :

순간 높이 오르다 _135
정일품 품계석에서 _139
슬픈 하현달 _144
고등어 뼈에 대한 상상 _148
그때 그곳 그 사람 _152
'오奧'에 대한 공상空想 _156
거미의 다짐 _160
의연毅然히 죽어 땅에 묻히다 _165

# Ⅲ. 산다

## 1. 배우는 즐거움 :

일본어를 배우면서 _173
행복한 방송대 _177
유연성柔軟性을 지키려 _181
미지의 오카리나 _185
한국사 시험 응시기 _189

때가 되면… _194
생각 바꾸기 _198
태백산맥을 읽고 설움에 겨워 _202
지혜로운 모습들 _207
비행기고문拷問 _211

## 2. 재주 없이 살기 :

행복하고도 서글픈 _217
선물旋物 _221
서걱대는 댓잎들 _224
장미지다 _229
긴 하루 _233
미리 쓰는 유서 _237
다치多癡의 위안 _241
잊었단 말인가 나를 _245
허방 치기 _249
늘 미안한 맏딸에게 _253
세월을 이겨내는 비결 _257

**에필로그**

# 신발 끈을 다시 묶는 마음으로 _261

# 변두리에

1. 복된 마을 :
2. 뒤뜰과 꽃밭 :

I

# 1. 복된 마을 :

풀꽃 피는 산책길에서

비 오는 날에는

큰개불알꽃

녹색잔치

인정(人情)의 다리

늦게 핀 장미

하늘 낮은 날

비 온 후 가경천변

친근했던 풀들

# 풀꽃 피는
# 산책길에서

　　햇볕 좋은 오후에는 산책을 하는 것도 즐겁다. 포장된 둑길을 걷는 것보다 냇가를 따라 난 흙길을 밟으며 걷다보면 몸속으로 알 수 없는 어떤 힘이 들어오는 듯하다. 새침하게 얼굴을 내미는 풀꽃들을 감상하려 따사로운 햇살아래 바닥을 보며 걷는다. 바닥은 이름 모를 조그만 풀과 꽃들로 가득하다. 쪼그리고 앉아 그들을 바라보면 신기할 뿐이다. 그 여린 줄기와 잎사귀로 어떻게 단단하고 두꺼운 땅을 뚫고 나왔을까. 저토록 찬란하고 섬세한 작은 꽃들을 피워내는 능력이 놀라울 따름이다.

풀꽃들에 넋을 빼앗기다 옆을 보니 작고 까만 개미들이 줄지어 어디론가 가고 있다. 개미가 진을 치면 비가 온다는데 봄 가뭄이 심하니 반가운 징조가 분명하다. 날씨가 따뜻하니 개미들이 더 많이 눈에 띈다. 그들에게도 우리가 모르는 숱한 이야기들이 있으리라. 개미들을 보면 가는 허리가 떠오르고 이솝의 우화도 생각난다. 부지런함의 상징인 그들. 서로 어울려 집단을 이루며 사는 개미에게서 지혜를 배우라는 성경구절도 있다. 철저한 분업(分業)으로 협동(協同)하며 단체 생활을 하는 그들은 우리에게 많은 깨달음과 교훈을 준다.

개미들은 줄지어 어디로 가나. 힘을 합쳐 무슨 일을 하려는 것일까. 저들의 수고를 격려할 무엇이라도 내게 있는가. 주머니를 샅샅이 뒤져 보아도 과자 부스러기 하나 없다. 저들은 희고 작은 무언가를 운반하고 있다. 새끼들일지도 모른다. 개미들도 티끌모아 태산이란 의미를 알까. 저들에게도 개인적인 사정이나 질병으로 자신의 역할을 제대로 감당하지 못하는 동료들이 있을까. 그렇다면 개미들도 약자들을 돌보고 배려할 줄 알까.

힘을 합쳐 무언가를 열심히 이루어내는 개미들을 보고 있으려니 우리의 아름다운 전통이었던 "두레"가 떠오른다. 선조들은 같은 마을 사람들이 한곳에 모여 매기고 받는 소리 속에 시름을 덜고 흥을 돋우며 함께 일했다. 모내기와 벼 베기 같은 힘든 노동을 하며 서로가 하나이며 우리 됨을 확인하고 농사를 천하의 근본으로 여겼다. 그러한 일들이 지금도 여전히 행해지려나. 혹시 흥(興)과 유대감(紐帶感)이 사라진 채 값싼 노동력이라는 이유로 이

사계절 아름다운 가경천 산책길

주노동자들에 의해서 힘겨운 돈벌이로만 이루어지지는 않으려나. 아니면 그 단계도 지나서 자부심도 새참도 없이 효율성만을 고려하여 누군가 한 사람에 의해서 기계를 사용해 행해지는 것은 아닐까. 그 일도 젊은이들이 없으니 노인들끼리 힘겹게 하고 계실 것만 같다.

한자로 개미를 나타내는 글자가 의(蟻)다. 의(義)는 "바르다", "옳다"는 뜻으로 도리나 관계에 연결 지어 사용한다. 그러한 글자에 벌레 충(虫)을 부수로 해서 개미[蟻]를 표현하는 것이 흥미롭다. 개미가 관계 속에서는 옳고, 개별적으로는 도리에 바르다는 것이니, 사회를 이루며 살아가는 인간에 대한 본보기로 꽤 적합하다. 개미가 포함된 고사성어로는 "개미구멍으로 둑이 무너진다."는 제궤의혈(堤潰蟻穴)이 있다. 곧 큰일도 아주 작은 일에 의해서 잘못될 수 있으니 모든 일을 철저하게 하라는 경구다.


개미와 헤어져 큰 길로 올라오니 노점과 이어지는 신호등 앞이다. 노란 옷을 입고 줄지어 가고 있는 유치원생들이 보인다. 앞뒤에서 선생님이 인솔을 해도 자기들끼리 재깔거리고 여기저기를 기웃거린다. 생기 넘치는 인생의 봄을 살고 있는 아이들이, 마치 노란 병아리들 같기도 하고 산책길에 푸릇푸릇 돋아나는 싱그러운 풀꽃들 같기도 하다. 그들과 엇갈려 집으로 향하는 산책길이 한결 더 화사하고 생기가 도는 듯하다.

# 비 오는
# 날에는

오전부터 비 예보가 있고 하늘이 흐리다. 이런 날은 마음이 차분하게 가라앉는다. 우산을 챙겨들고 산책을 나선다. 눈을 들어 올려다보니 5층 건물위에 구름 낀 하늘이 걸려있고 십오 층 아파트위에도 허연 하늘이 닿아있다. 비구름이 낀 날은 하늘에 볼 것이 없다. 푸른 하늘 흰 구름, 한밤의 빛난 별은 맑은 날 기대해야 하고, 이런 날은 눈높이를 낮출 일이다.

흐린 날에도 이 땅의 번화가에는 사람 꽃이 핀다. 우리 동네 시장과 노점에, 사거리 신호등에 알록달록, 빨강 노랑 파랑 원색의 사람꽃물결이 흐른다. 번화가를 벗어나 한 번 더 눈높이를 낮추니 키 작은 나무와 거리 화분의 꽃과 연두 빛 잎들이 눈길을 당긴다.

투두둑, 투두둑 빗소리 들리고 여기저기서 우산들을 펼친다. 이제 시선은 아래로만 자유롭다. 보도 위로 솟아 나와 존재감을 드러내는 푸른 풀들. 언제부터였든가. 회색의 보도 사이로 초록의 무늬가 자리 잡기 시작한 것이.

오 분만 뛰어가면 닿을 것 같은 낮고 음울한 구름에서 낙하를 시작한 빗방울들이 타닥, 타닥 내 우산에 부딪힌 후 주르륵 땅으로 흐른다. 낮은 곳으로, 더 낮은 곳으로 그들은 서로 만나 졸졸거리다 더 많은 동무들이 모이면 반가움에 소리치며 흐른다.

집 문을 들어서며 탁탁 우산과 옷을 털고 신발도 턴다. 식탁 의자에 겉옷을 건다. 따듯한 차 한 잔이 그립다. 찻잔에서 피어나는 향기 속에 그리운 친구들이 떠오른다. 어디서 무엇을 하며 어떤 모습으로 살아가고 있을까. 그 친구도 오늘처럼 비가 오는 날이면 더러는 내 생각을 할까. 비 그치기를 참지 못해 비를 쫄딱 맞으며 생쥐처럼 빗속을 걷던 중학생 시절의 그들은 다 어디로 간 것일까.

학교를 다니기 전 동무들부터 그때그때 함께 했던 벗들을 꼽아본다. 의외로 적다. 나를 가르쳐 주신 선생님들을 기억나는 대로 헤아려 본다. 그분들 중 태반이 세상을 떠나셨으리라. 이제도 가끔은 꿈속에 내 어릴 적 그 모습 그대로 뵙건만 긴 세월 저편의 아련한 이야기들이 되어버렸다. 비가 오면 막내를 비 맞지 않게 하려고 우산을 들고 학교에 오시던 이제는 모두 돌아가신 늙으셨던 부모님을 되새긴다.

따끈한 찻물을 음미하며 내 삶의 현재를 이루는 이들을 마음으로 불러내 본다. 가족들, 친인척들, 같은 길을 가고 있는 자랑스럽고도 연민이 이는 동료들, 글의 세계로 이끌어주시고 앞서 가는 스승과 선배들, 함께 신앙을 이어가는 이들, 가르치고 배우며 만난 많은 사람들, 같은 책을 읽고 삶을 이야기하는 이들, 취미를 함께 하는 사람들.

삶의 한 굽이에서 만난 귀한 사람들, 누구도 얼마간의 세월을 함께 할 수 있을지 알 수 없지만 만만찮은 서로의 인생길에 커다란 의지와 위로가 된다. 삶의 날줄과 씨줄을 함께 엮어가는 이들 가운데 아무 부담 없이 밥 한 끼 먹자고 할 수 있는 이들은 얼마나 될까.

어린 날 물줄기들이 휩쓸고 가며 새로 파 놓은 언덕길 내리막의 새살을 보던 산뜻함과 새로움, 비 그친 후 봉숭아 잎과 찔레 잎에 구를 듯 맺혀 있던 동그란 이슬방울의 신비로움. 무지개를 바라보던 마음속 찬란함, 거미줄에 걸려든 벌레들이 비 그친 후에도 여전히 매달려 있을 때의 아릿함…. 그때의 감정들은 어디론가 사라지고 무디고 덤덤해진 중년의 사내가 되어있는 나 자신을 본다.

비에 젖는 산과 들, 송알송알 싸리 잎에 은구슬. 마당으로 뛰어들던 청개구리, 처마 밑 고인물 위에 그려지던 그 많은 동심원들, 창호지를 타고 들려오던 축축한 빗소리⋯. 우리의 감성을 일깨우던 비 오는 날 생각나는 풍경들이다. 헤아릴 수 없이 긴 세월, 익숙하고 정겨웠던 모습들이 너무도 짧은 기간에 우리에게서 멀어지고 잊혀져간다. 우리 선조들이 빗속에 느끼던 감정들을 후손들이 공감하지 못할까 두렵다.

가뭄이 길어지고 있다. 댐마다 저수량이 적다고 걱정이고 신문과 방송에는 허옇게 드러난 강바닥이 비쳐진다. 내가 사는 동네 냇가에도 적은 양의 물만 겨우 흐른다. 푸른 하늘 반짝이는 햇살도 좋지만 하늘 가득 잿빛 구름이 모여들어 우르릉 쾅쾅 천둥을 울리며 시원스레 퍼붓는 비가 그립다. 때에 맞는 비는 농부들뿐 아니라 산천초목이 다 기뻐할 텐데⋯. 흐린 하늘에 쏟아지는 빗줄기가 그립다.

오늘 밤도 귀한 손님이 오신다는 소식이 있는지 일기예보에 귀 기울여 보아야겠다.

# 큰개불알꽃

　　풀들이 빼곡히 자라난 냇가, 그 바닥에 핀 작고 파란 꽃들에
홀려 쪼그려 앉아 한참을 보고 있는 중이다. 낙엽과 다갈색 풀들
사이로 푸릇푸릇 새 생명들이 돋아나 있다. 위로는 노랑나비와 벌
들이 날고 풀들 사이로 개미들, 딱정벌레, 이름 모를 곤충들이 바
쁘게 오간다. 토끼풀과 쑥이 지천인 풀밭 바닥이 작은 별들을 뿌
려 놓은 듯 영롱하다. 앙증맞은 풀잎과 짙푸른 네 장의 꽃잎, 선명
한 검은 줄들, 한참을 보고 있으면 나타난다는 희미한 사람의 얼
굴. 그로인해 얻은 이름이 베로니카다.

이 꽃을 피우는 큰개불알꽃은 유럽과 서아시아대륙 그리고 아프리카가 원산지인 두해살이 귀화 식물이다. 이름과는 달리 아무리 보아도 크지 않다. 아기의 새끼손톱만큼도 되지 않는 꽃을 크다고 한 이유는 무얼까. 게다가 이토록 예쁜 꽃에 왜 어울리지 않는 상스런 이름을 붙여 주었나. 꽃은 얼마나 억울하고 기가 막힐까. 자신을 너무도 몰라주는 이들이 한없이 야속하고 미울 것 같다.

꽃이 진 후에 맺히는 열매 모양이 개[犬]의 무엇처럼 보여 그렇게 이름 지어 부르는 듯하다. 큰개불알꽃을 민간에서는 봄까치꽃이라 부른다. 어떤 이는 이 꽃이 봄이 오기 전부터 피기 시작해 봄까지 계속해서 핀다고 하여 '봄까지꽃'이었다가 봄이 옴을 알리는 기능에 언어적 유사성까지 가미되어 '봄까치꽃'이 되었으리라고 풀이한다. 꽃말도 '기쁜 소식'이다. 얼마나 잘 어울리는 이름인가. 문화권에 따라 꽃의 모양을 흉내 내 '새의 눈'(Bird's eye), 땅을 수놓는 비단 같다 하여 지금(地錦)이라고도 불린단다. 한동안 쉬지 않고 피어나 봄을 알려 사랑을 받고 나머지 세월은 잊혀진 채로 죽은 듯이 살아가는 풀꽃으로 어쩌면 이 땅의 많은 이들에게는 그냥 이름 모를 야생화요 들풀일 것이다.

바람을 피할 수 있으면 햇볕 좋은 곳 어디든 가리지 않고 논두렁 밭두렁, 냇가나 길가에서 꽃을 피운다. 유복한 가정에서 귀하게 자라는 깜찍한 딸들 같은 모습이다. 하지만 가리는 곳 없이 이 땅 어디서나 잘 살아가니, 숱한 고난과 역경을 겪으며 강인한 생활

땅에 뿌려진 작은 별 큰개불알꽃

력을 갖게 된 민초들 같기도 하다. 대견하면서도 마음 한 편이 아리다. 봄을 지나 이른 여름 바싹 말라 죽을 때까지 이 땅에 지천으로 별처럼 피고 지니 보석 같은 그들이다.

　이들은 약간의 거리를 두고 소복소복 무리지어 피어나 하늘의 별들을 땅에 뿌린 듯 풀 속에 박혀 깜찍하고 영롱한 자태로 우리를 기쁘게 한다. 봄이 오고 있음을 알리는 전령이 되고, 온몸을 내주어 이 땅을 비옥하게 하고 다른 이들의 성장을 돕는 퇴비의 역할도 한다. 꿀의 원료도 되고 산자초(山紫草)라는 약재로 쓰여 많은 이들을 여러 고통으로부터 벗어나게 해준다.

큰개불알풀도 형제들이 있다. 선개불알풀과 개불알풀이 그들이다. 이름만 들어도 그 관계를 짐작하겠다. 그들을 보고 있으면 사람들에 의한 무시와 차별 그로인한 아릿한 설움이 느껴진다. 풀이나 나무들은 낯선 곳에서 살아갈 때 서로 충돌하지 않는다. 차별을 받아도 항거나 의사표현을 하지 않는다. 그저 오랜 세월동안 점차 스며들어 땅을 나누어 함께 살다가 이웃이 되고 가족이 된다.

지구라는 초록별에서 우리의 삶은 활발한 교류로 더욱 긴밀해지고 지구 전체가 한 동네 한 가족이 되었다. 사람들만 아니라 동식물과 숲과 냇물들까지 모두가 사랑받으며 이 땅의 역사를 이어갈 귀중한 존재들이다. 모두가 한 시대를 함께 살아가는 한 가족이 아닐까. 서로를 이해하고 살기 좋은 세상을 이루기 위해, 냇가를 지날 때 바닥에 붙은 듯 피어있는 그들에게 몸 낮추어 안부도 묻고 그 위를 날아가는 벌 나비들도 내 눈으로 따라가 보아야겠다.

# 녹색 잔치

　　물결치고 있다. 눈길 닿는 곳 어디나 녹색의 잔치가 벌어지고 있다. 어떻게 시기를 알고 한꺼번에 솟구쳐 뛰어나온 것일까. 노오란 꽃잎이 지고 뒤따라 나온 이파리들이 생명의 충일함에 넘쳐 있다. 며칠 사이에 돋아난 수많은 이파리를 보면서 무슨 잎일까 했더니 떨치지 못하고 달고 있는 꽃잎들이 자신들의 정체를 밝혀주고 있었다. 봄이 오고 있음을 절규하듯 알려주더니 이제는 이 봄이 깊어가고 있음을 조용히 증언하는 개나리다.

　　몇 걸음을 옮기니 이번에는 반짝이는 밝은 연두 이파리들이 줄지어 있다. 투명한 햇살아래 반드르르 윤기를 품어내는 청량함과 건강한 맑은 색이 발길을 멈추게 한다. 그들이 쏟아내는 녹색과 연두는 마음을 편하게 하고 눈을 시원하게 한다. 녹색의 이파리들은 이 땅의 생명체들에게 양식이 되어주는 일차적 공급자다. 그러니 녹색은 생명의 색이다. 푸른 물결로 넘실대는 보리밭과 밀밭은 상상만으로도 싱그러운 풍요함을 준다. 이 찬란한 색깔을 저들은 어찌 만들어 내는가. 우리는 이 색들을 보려고 회색의 도시를 벗어나 산으로 향한다.

온 산하에 펼쳐지는 연두와 초록의 물결은 환희 속에 생명을 쏟아내는 자연의 오케스트라다. 하루하루 들과 산의 빛이 다르다. 내가 할 수 있는 일은 그저 넋 놓고 바라보는 것뿐. 풀과 나무를 이 땅에 살게 한 것은 인류를 향한 최고의 선물이다. 그들이 없다면 우리의 삶은 얼마나 초라하고 삭막할까. 나무 한 그루 한 그루가 하늘에서 이 땅으로 쏘아 보낸 화살모양의 하사품이다. 씨앗이 바람에 날리고 하늘로부터 오는 눈비가 그 위에 내려앉는 이유가 근원이 같기 때문은 아닐까. 시원한 바람이 불면 기쁨의 춤을 추는 이유도 그들의 시원(始原)이 상통해서 인 듯하다.

아파트 담 위에는 올해의 축제를 준비하는 장미들의 바쁜 움직임이 있다. 눈 여겨 보았더니 장미 가지들이 가을에 모두 죽어 흔적도 없어지고 새봄에 다시 시작하는 것이 아니었다. 그 형태를 간직하고 겨울을 나고 메말랐던 가지에 물이 오르고 싹이 터 한 해의 삶을 더하고 있다. 그들의 이파리는 훨씬 내 눈에 익숙하다. 자주 보았던 것이 익숙하고 관심을 가지고 보면 더 눈에 들어온다. 수십 년 살면서 봄마다 지천이니 마주 볼 기회야 개나리가 더 많았겠지만 꽃 지고 잎사귀가 돋으니 마음에서 이어지지 않아 세월이 흘러도 눈 앞의 개나리를 알아보지 못했다.

녹색을 연상하면 평화 안전 생명 자연 환경 성장… 같은 어휘들이 자연스레 떠오른다. 20세기 후반부터 가장 각광받는 색이 녹색이다. 봄부터 여름까지 자주 보는 산과 들과 풀과 나무가 모두 녹색이다. 우리 심성이 그래도 선하게 유지되는 것이 자주 접하는 자연의 힘 때문은 아닐까. 최근 들어 여기저기 산을 허물고 도로 공장 주택단지를 조성하는 것을 심심치 않게 본다. 마음이 아프다. 수천 년 동안 그 자리를 지켜오던 푸른 산들이 어느 날 갑자기 쫓겨나는 느낌을 지울 수 없다. 당장의 이해에 맞물려 녹색의 면적이 점점 좁아지는 것만 같아 마음이 무겁다.

마을길을 지나며 개나리 장미 그리고 윤기 나는 이파리를 몇 개씩 뜯어 왔다. 아내 앞에 그것을 늘어놓고 신비롭고 찬란한 생명을 이야기하려니 잘되지 않는다. 어설픈 얘기 끝에 그들이 무슨 잎인지 아느냐고(마치 나는 다 안다는 듯) 물었더니 세 가지를 정확히 맞춘다. 더구나 나도 모르고 있던 윤나는 잎이 사철나무 잎이라고 했다. 다시 한 번 촌사람임을 확고하게 입증한 것이다. 나도 비슷한 환경이었는데 왜 몰랐을까. 개나리도 최근 들어 겨우 알았고 사철나무는 오늘에서야 알았다. 지금도 산에 오르면 모습은 익숙하지만 이름을 불러줄 수 없는 풀과 나무가 한둘이 아니다. 어떤 이는 자신은 풀과 나무 이름을 몰라서 글을 쓸 자격이 없다고 했다는데 나는 어찌해야 하나. 스스로 유식하다 생각해본 적이 없지만 심각한 문제인 것만은 분명하다.

그들의 여유를 배우고 싶다. 그들은 인간과 함께 해 온 수수만년 동안 자신들을 알아달라 한 적이 없고 그것을 바란 적도 없다. 내가 살아온 세월동안 한 번도 내게 불만을 나타낸 적이 없다. 그에 비하면 나는 남의 눈치 보기에 익숙해 있고 내세울 것도 없으면서 얼마나 알아주기를 바랐던가. 때로는 혼자 가만히 생각해보아도 한심하다. '너의 무엇을 알아주면 좋겠니?' 스스로의 물음에 답하지 못한다. 깊은 산속의 들꽃은 바람에 날려 씨가 뿌려지는 때부터 싹트고 꽃피고 다시 지고 스러지는 전 과정을 아무도 보아주지 않아도 한 해도 거르지 않고 아무 원망 없이 연년이 그 과정을 거듭한다는 것을 왜 몰랐을까. 그들은 올해도 녹색의 생명잔치를 벌이고 꽃뿐 아니라 씨앗을 만들고 그것을 바람에 맡겨 널리 퍼뜨릴 것이다.

이제라도 녹색잔치에 슬그머니 끼어들어 그들의 이야기를 들어봐야겠다.

# 인정 人情 의
# 다리

청주의 서쪽인 복대동과 가경동의 경계를 두고 가경천이 흐른다. 따스해진 햇살을 받으며 가경천을 따라 걸어가다 보면 죽천교와 발산교 사이에 여러 모양의 다리들이 있다. 자동차가 다니는 다리외에도, 이름은 없지만 무지개 모양의 보행자를 위한 철제 다리와 흐르는 물위에 바로 놓인 시멘트 다리, 돌 몇 개가 띄엄띄엄 놓인 징검다리가 나온다. 다리 아래로 맑은 물이 유유히 흘러가면 다리가 더 멋있어 보일 테지만 그렇지못해 안타깝다. 가경천은 여름 한철, 폭우 때가 아니면 끊어지지 않을 정도로 겨우 냇물이 이어져 흐른다.

차들이 많이 다니는 번듯한 다리보다는 징검다리에 더 정감이 간다. 물을 건너기 위한 최초의 다리는 징검다리가 아니었을까. 낮게 흐르는 개울에 누군가의 배려와 정성으로 놓인 돌 몇 개. 그 위를 조심스레 건너며 어릴 적 기억을 되살려낸다. 겨울은 가고 얼음도 녹아 개울물이 졸졸 흐르면 친구들과 어울려 뛰어 내려가 떠들며 폴짝폴짝 건너던 추억의 다리. 그 징검다리를 수없이 건너다니면서도 돌을 옮겨다 놓은 사람의 따뜻한 마음을 미처 깨닫지 못했다. 나이 들어 이제야 훈훈하게 느껴지면서 징검다리라는 낱말마저 내 가슴속으로 정겹게 파고든다.

어릴 적 우리 집은 마을 꼭대기에 외돌아 앉아 있었다. 낮은 언덕을 넘어 폭이 좁고 평소에는 물이 흐르지 않는 도랑을 우리 가족은 얼마동안 다리 없이 내리고 오르며 그냥 건넜다. 사람들이 다니기에는 괜찮았지만 자전거로 건너기에는 몹시 불편했다. 인정 많은 이웃들이 우리 집을 위한 섶 다리를 놓아주었다. 정말로 좋았다. 우리 집으로 가는 길가의 연녹색 풀들도 즐거운 듯 몸을 마구 흔들고 마치 동네 사람 모두가 아껴주는 듯 우리도 마음이 풍요로웠다. 한여름 비가 많이 와 다리가 무너져 내리면 우리 집은 동네와 단절되었지만 섶 다리는 며칠 안 가 다시 고쳐지곤 했었다. 가끔 꿈속에 그곳이 보인다. 그 언덕과 다리, 우리 집을 위해 마음을 모아준 이웃들이 그립고 또 보고 싶다.

이제 우리 주변에 길이 불편해 가지 못할 곳은 없어졌는데 사람들 사이에 마음의 거리가 더욱 멀어져 있다. 서로의 왕래도 지난 시절만 못하다. 여름 장마에 다리가 끊긴 것처럼 고립된 채로

가경천에 놓안 돌다리

사는 것에 너무도 익숙해져 간다. 인간은 사회적 존재라는데, 어울려 사는 것이 본능이요 자연스러운 것인데, 언제부터 빗나가기 시작한 걸까. 많은 이들이 이제는 살기 좋은 세상이 되었다는데 왜 내게는 옛날이 더욱 그리운 걸까.

봄이다. 얼어붙었던 냇물이 따사로운 햇살에 녹아 천천히 흐르고, 갓 피어난 가경천 풀꽃들이 우리를 반갑게 맞이 해준다, 가경천을 가로지르는 여러 모양의 다리들을 보면서 차들이 쌩쌩 달리는 넓고도 튼튼한 다리들보다 이름 없는 좁다란 다리, 돌 몇 개가 엉성하게 놓인 징검다리에 나는 왜 더 마음이 가는 것일까. 국가가 나서서 국민의 세금으로 견고하게 건설한 다리들보다 누군가를 배려하는 따뜻한 마음을 가진 이들이 놓은 다리에 더 마음이 끌린다. 오가는 이들의 인정과 마음을 이어주는 다리들. 이름 없는 지난날의 돌다리, 섶 다리는 인정으로 시작하여 서로를 이어주던 마음의 다리가 아니던가.

자신과 남을 배려하는 징검다리. 내게 큰 감동을 주었던 마을 사람들이 놓아 준 섶 다리. 마음 편히 걸어 다닐 수 있는 보행자를 위한 다리. 그 모든 다리처럼 서로를 향해 인정과 배려를 베푸는 사회를 이루며 살아갈 수는 없을까. 죽은 듯이 얼어붙었던 산하가 수런거리며 기지개켜듯 되살아나는 이 봄에는 우리들 가슴에 인정(人情)의 다리 하나씩 놓으며 살아갔으면….

# 늦게 핀
# 장미

집 앞에 도로를 사이에 두고 마주보고 있는 아파트 담에 장미 몇 송이가 새삼스레 활짝 꽃을 피웠다. 오며가며 보는 그 꽃들이 곱다. 장미꽃들이 앞 다투어 피는 육칠월을 지나 구월 중순에 보는 그들은 조금은 늦은 듯, 게으른 듯, 그래도 반갑다. 반면에 학교 담 아래와 아파트 울타리 밑에 벌써부터 수북이 쌓여 뒹구는, 때 이른 낙엽은 측은하다. 하기는 그들이 무슨 선택의 권한이 있으랴, 자연 조건이 맞으면 꽃 피우고, 지탱할 힘이 부치면 떨어지는 게지.

사물마다 제 때가 있다고 믿고 있다. 이른바 전성기다. 하지만 우리가 잘못 알고 있는 게 있고, 가끔은 예외도 있다. 가을꽃의 대표처럼 알고 있는 코스모스가, 원산지가 멕시코인, 연중 피는 꽃이라는 것을 언젠가 방송에서 듣고는 그렇구나 하고 생각했다. 그러다 한번은 인터넷 검색을 하다가 코스모스의 개화시기가 유월에서 시월이라는 걸 보았다. 우리의 지식이 온전하기는 어려운가 보다. 멕시코의 위도가 우리보다 낮으니 어쩌면 그곳은 코스모스가 연중 필지도 모른다. 우리는 성탄절하면 겨울을 연상하지만 남반구의 나라들은 여름이다.

절대적인 시기가 따로 있는 게 아니다. 대관령과 진안고원 일대는 고랭지재배로 수확시기가 그 채소의 전성기와 일치하지 않는다. 온실의 활용으로 채소와 과일을 계절과 관계없이 손에 넣을 수 있고, 냉동기술의 발달로 상하기 쉬운 식품을 오랜 기간 보존할 수 있다. 시간의 벽이 조금씩 무너져 간다. 인간의 수명도 의학의 발달과 생활환경의 향상으로 점점 길어지고 있다. 예전에는 환갑잔치를 했지만 요즘은 하지 않는 것을 당연하게 생각한다. 이제는 육십 대는 노인이라고 여기지도 않는다. 자신의 사회적 기능과 신체적 건강상태에 따라, 시기(時期)의 사회적 통념을 바꾸어가고 넓혀가는 삶을 살 수 있다. 팔십 가까운 노인들이 청년 못지않은 체력을 유지하고 활발한 저술활동을 하기도 한다.

이제까지의 상식이 깨어지는 소리가 여기저기서 들려온다. 우리나라를 포함한 중국 일본 등을 예전에는 극동이라고 하다가 이제는 주로 동북아시아라고 부른다. 그것은 유럽중심의 생각이 굳어진 것이지, 절대적 지식이 아니다. 기후도 변하고 있다. 우리나라가 지구온난화의 영향으로 아열대기후 특성을 점차 지닌다고 한다. 얼마 전에는 우리나라에 벼의 이기작이 가능한 곳이 늘어난다는 보도를 접했다. 한층 유연한 사고가 요청되는 시대다. 자신이 가지고 있던 지식만 옳다고 내세울 수 있는 시기는 지났다. 누구나 어디서나 실시간 지식검색이 가능한 현실은, 어설프고 고집

활짝 핀 그때가 제때다

스런 권위가 더 이상 유지될 수 없음을 보여준다.

배움에 있어서도 고정관념의 장벽이 걷혀가고 있다. 적지 않은 나이에 배움의 길에 새롭게 들어서는 이들을 주변에서 어렵지 않게 볼 수 있다. 학습의 여건이 과거 어느 때보다 좋아졌다. 이제는 시간과 거리에 관계없이 원하는 바를 선별해서 배울 수 있는 수요자중심의 학습시대가 열려 있다. 얼마 안 가 졸업장이 아니라 해당 분야 자격증이 더 필요한 때가 올 것이다. 상대적으로 빠른 것도 없고 늦은 것도 없는 사회를 사는 것이요, 누구의 눈치를

보아서가 아니라 필요에 따라 배우고 사용하는, 실질을 더욱 우선하는 풍토가 조성될 것이다. 자신에게 당장 필요도 없는 자격증을 수십 개씩 획득하는 이들을 대단하다고 생각하지 않고 어리석다고 여기는 사회를 속히 보고 싶다.

온갖 편리한 생활도구로 많은 시간이 절약되었지만 삶의 여유를 누리고 사는 것이 아니라 오히려 더 삭막해진 듯하다. 문명의 눈부신 발전으로 우리가 한결 의미 있는 삶을 살아간다고 확실히 말할 자신이 없다. 온갖 기능이 담긴 스마트폰으로 말미암아 삶에 큰 변화가 왔듯이, 우리의 사고체계에도 이제는 적잖은 전환이 필요하다. 밤 새 많은 비가 내렸다. 가을을 재촉하는 이 비로 기온이 내려가고 많은 잎들도 떨어지리라. 시절은 가을을 알리고 겨울을 준비하라고 하지만 어떤 이들은 마음으로부터 또 다른 인생의 봄을 준비하리라. 빠르고 늦다는 건 주관적 기준일 뿐이다. 꽃 피고 잎 지는 것은 모두가 그 일에 알맞은 때가 되었음이니, 곧 그때가 제철이다. 전성기와 제철은 일치하지 않을 수 있다. 이른바 전통적인 시기가 아니라는 것은 오히려 희귀성을 확보하고 많은 이들의 눈길을 끌 수 있다는 뜻이다. 자신의 능력을 펼칠 자신만의 무대가 열린다는 게다. 길 건너 늦게 핀 장미가 무언(無言)으로 나에게 전해준 깨달음이 이것이다.

# 하늘
# 낮은 날

    먹구름이 잔뜩 끼어 있어 오전 열한 시 쯤 인데도 저녁 일고 여덟 시처럼 어둑어둑하다. 하늘이 낮게 내려와 머리 위 백 미터 정도에 있는 듯도 하고 십여 층 건물이 구름을 뚫고 솟아있는 듯도 하다. 하늘이 높고 푸르면 저절로 그리로 눈이 가는데 구름이 낮고 흐리게 깔리니 땅으로 눈이 간다. 비는 올 듯 오지 않고 기온은 오르니 찌무룩한 마음에 밖으로 돌게 된다. 머릿속을 비우고 발이 가는 대로 따라 나선다.

    터벅터벅 걸으며 발아래를 보니 보도블록의 연결 부위를 따라 평소에 아무 생각 없이 대했던 풀들이 녹색 융단 자투리 같이 길게 이어져 있다. 키 작은 풀들이 무수하다. 그래도 생명이라고 살고자 애쓰는 노력이 눈물겹다. 생각이 여름철 곰팡이나 농(籠) 속의 좀들에 이르면 생명에의 경외를 느낀다. 저들은 무슨 삶의 의욕이 넘쳐서, 또 삶에 어떤 의미나 목적이 있어서, 별로 반기는 이 없는 세상에 저토록 열심히 살아가는 것인가.

학교 담을 지나며 이름을 모르는 나무들을 본다. 한참을 걷는데 갑자기 봄의 풍경이 떠오르면서 그곳에 흐드러지게 피어있던 개나리꽃이 기억 속에 살아난다. 어쩌면 그 꽃과 나무가 전혀 연결되지 않았을까, 봄만 지나면, 꽃들이 떨어지면 마치 그 나무가 지상에 존재하지 않는 것처럼 생각하고 또는 그런 생각조차 없이 잊고 살았던 무관심이 미안할 뿐이다. 개나리 옆에 무리지어 있는 것들은 무엇인가, 장미였다. 그 나무도 꽃이 지고 나니 급격히 관심권에서 멀어져 갔다. 그래도 장미는 우리 화단에 있으니 자주 보아서인지 쉽게 알아 볼 수 있다.

식물들도 끼리끼리 함께 모여 사는 것이 좋은가 보다. 학교 담을 끼고 도는 모퉁이에 강아지풀들이 한곳에 수북하게 솟아올라 머리통이 무거운지 이리저리 기운 채로 바람에 몸을 흔든다. 강아지풀에서 조금 떨어져서 이번에는 닭의장풀이, 저편에는 코스모스가 또 망초가 무더기무더기 살아간다. 식물들이 모여 살듯 사람들도 끼리끼리 모여 산다. 필요도 비슷하고 생활하는 모습도 유사해서 호적수가 되기도 하고 협력자가 되기도 하면서 서로를 챙기며 산다. 우리들 삶의 모습이 때로는 위를 보고 어떤 때는 아래를 본다고 하지만 대부분은 옆을 보면서 위로도 받고 상처도 받으며 산다.

집 앞에 돌아와 맞은편을 보니 도로와 아파트 담이 서로 만나는 곳, 빗물이 흐르도록 되어 있는 곳에 까마중이와 강아지풀 그리고 제비꽃풀이 두 서너 개씩 한 군데에서 함께 커가고 있다. 전에도 그런 것들이 변함없이 살아 왔을 터인데 눈에 띄지 않더니 언제부턴가 내 눈에 들어오고 있다. 나이가 들어가는 거다. 선수에서 코치와 감독으로 점점 밀려나는 거다. 아니다, 시야가 넓어져 가는 거다. 생각하고 판단하는 능력이 확대되어 가는 것이다. 예전이 힘과 기술로 하는 것이었다면 이제는 경륜과 지혜로 하라는 게다. 전에는 영향력이 자신과 주변에만 한정되어 있었다면 이제는 시·공간적으로 전반적인 분야에 영향을 끼칠 단계가 되었다는 표시이다. 내 생각에 다른 이들이 의견을 같이 할지는 알 수 없다. 그렇지만 나라도 그렇게 믿고 싶다.

집 화단 아래에는 자주 뿌린 물의 영향인지 아니면 바람에 날아 왔는지 꽃밭에 살았던 채송화 백일홍 봉숭아가 아주 작은 체구로 다시 한 살이를 시작하고 있다. 또 뒤뜰에서는 블록사이를 빼곡히 메우며 자신들의 존재와 왕성한 생명력을 과시하는 듯한 이름도 모르는 잡풀들이 소리 없이 행동으로 우리를 응원하고 있다. 어떤 환경에서 무슨 일을 만나도 절대로 기죽지 말고 온 힘을 다해 살라고.

하늘이 높으면 푸른 하늘과 떠가는 뭉게구름을 보고, 하늘이 낮고 흐리면 땅을 볼일이다. 하늘에 별이 있다면 땅에는 꽃과 나무가 있다. 그들에게 싫증날 리 없지만 그렇다 해도 전혀 걱정할 일이 아니다. 땅위에는 꽃과 나무만 있는 것이 아니라 훨씬 더 아름답고 빛나는 다양한 사람들이 있다. 잘난 이들, 못난이들도 보고 우리 주변의 이웃들도 돌아 볼일이다. 그들이 우리 삶의 이유이다. 하늘이 낮은 날은 땅을, 이 땅의 풀과 나무와 이웃들을 두루 세심히 볼일이다.

# 비 온 후의
## 가경천변

밤새 적잖이 내린 비로 가뭄이 해소되고 주변이 상쾌해졌다. 길가의 풀과 나무들도 생기가 넘친다. 나선 김에 가경천으로 발길을 향한다. 물은 보기만 해도 마음이 편하다. 가경2교에 이르니 물이 확 눈에 들어온다. 그런데 편안한 물이 아니다. 색깔부터 황톳빛 성난 듯 불어났고 유량도 평소의 서너 배는 되어 보인다. 조용히 흐르던 가경천이 소리치며 내닫고 있다. 오늘은 가경천이 황하(黃河)다. 다리 난간에 기대어 물의 흐름을 가만히 눈으로 좇아간다. 얼마 못가 다시 원위치. 어릴 적 장마철 개울에서 하던 놀이다. 그때는 조금 지나면 눈앞이 어질어질하고 물속으로 곤두박질칠 것 같았다. 근심 걱정 없던 유년의 기억. 장마가 지나면 우리들 작은 놀이 세상에 폭포도 저수지도 생겨났었다.

　다리를 건너 천변으로 접어드니 지난 밤 폭우의 세찬 기세에 견디지 못하고 나무에서 떨어진 살구들이 여기저기 흩어져 뒹굴고 있다. 지난 삼사 월 개나리와 함께 그토록 눈부시고 황홀하게 천변을 꽃 대궐로 만들어 주민들을 주변으로 불러 모았다. 벌과 나비 날아들어 윙윙대더니 삼시간에 눈 내리듯 꽃비를 뿌렸다. 언제부터 우리 눈을 초록으로 물들이고 열매들 잎새 속에 숨어 나날이 몸피를 늘리며 스스로 가지를 기울게 했다. 뭇 시선을 받으며 굵어져 가더니 채 익지 못하고 이렇게 생애를 마감하고 있구나. 며칠 차이 나지 않으리라. 여기까지 지금까지 살아온 것도 대견하다. 이제 할 일은 내년의 풍성한 열매를 위해 사람들 눈 피해 잘 썩어 좋은 밑거름이 되는 것이다.
　황톳빛 물의 격류에 바닥에서 자라나던 키 큰 풀들이 어찌할 줄 모르고 반듯이 누워 물의 흐름 따라 몸을 맡기고 있다. 놀라 경황이 없으리라. 살 찢기는 아픔도 헤어지는 슬픔도 예상 못한 피해도 당장은 미루어 두고 우선은 어떻게든 살아남아라. 소나기는 피해가야 하고 지쳐 힘들면 누워 쉬어야 한다. 지친 이들 받아 주던 긴 의자들도 흥건히 물고여 휴식하고 있다. 벤치들도 쉼이 필요한가 보다. 뜻밖에 들이 닥친 기습폭우에 놀란 가슴 쓸어내리며 억지로라도 쉬거라. 햇볕 나고 이삼 일 지나면 언제 그런 일 있었냐는 듯 물살은 약해지고 사람들 오가고 긴 의자에 모여 앉아 담

소하리라. 누웠던 풀들도 하나 둘 제 몸들 일으키고 주변 풍경 어디도 별반 달라진 것 없으리라. 사람이나 식물이나 한살이 긴 세월에 무슨 일 인들 겪지 않으랴. 어려움도 지나고 나면 힘이 되고 추억이 되고 오랜 세월 흐르면 어렴풋이 돌아 볼 이야기가 된다.

천변 둑을 따라 여러 가지 운동기구들이 줄지어 놓여 있다. 현대인들이 가장 중요하게 여기는 일 중에 하나가 운동일 것이다. 평소에 지나며 보아도 기구를 이용해 많은 이들이 건강을 다지곤 한다. 그렇다 해도 마음이 흔쾌하지는 못하다. 가끔은 노래나 연주라도 하는 이가 있든지 자기 주장이라도 펴든지 아니면 바둑 장기판이라도 벌이든지 시종일관 한 쪽으로만 치우치지 말고 무언가 문화가 있었으면 참 좋겠다. 소수의 전문가들이 독점하는 일방적이고 하향전달식의 문화가 아닌 비전문가들 아마추어들이 만들어 가는 싱싱하고 살아서 펄펄 뛰는 문화, 즉석에서 솟아나는 어설프더라도 날 것을 볼 수 있으면 가슴이 뚫리는 시원함을 맛볼 수 있을 것이다. 가경천변을 거니는 이들이 걸음을 멈추고 잠시 서서 삶의 의미와 웃음을 즐길 수 있기를 기대하는 것은 아직은 사치스런 발상인가?


큰 다리들 사이에 사람들만 다니는 폭 좁은 다리가 있다. 처음에는 천을 건너는 징검다리가 놓여 있더니 이제는 어중간한 다리를 놓았다. 다리의 개요를 알리는 부분도 없고 심지어는 이름도 없다. 추상적인 존재도 명칭이 있는데 실체가 있으니 이름을 지어 주었으면 좋겠다. 다리 아래로 갑자기 내린 초여름 비에 함께 모인 물은 왁자지껄 소리치고 떠들며 어깨동무를 하고 천 폭이 좁은 듯이 내달려 간다. 일찍 온 더위는 험악했던 비의 기세에 한 풀 꺾였고 대기와 도로는 산뜻한 채로 비 그친 오후는 저물어간다. 잔뜩 흐린 하늘 아래 가경천변은 어수선함 속에서 작은 변화를 겪으며 오랜만에 앉은 채로 졸고 있다.

# 친근했던 풀들

이런저런 일로 분주해서 며칠 동안 주변산책을 하지 못했다. 짧은 거리인데도 아차하면 거르기 일쑤다. 누가 시키는 것도 아니고 감독하지도 않으니, 빼먹어도 전혀 문제될 것이 없다. 시간적 여유가 없으면 정규경로가 아닌 단축경로로 돌기도 한다. 단축경로는 집에서 가까운 초등학교의 담을 끼고 도는 것으로, 십분 정도 걸리는데 담 주변의 나무들과 친근한 들풀들을 보는 재미가 있다. 아직은 나무와 풀들이 푸른색을 잃지 않아서, 그들을 보고 있으면 눈도 편해지고 마음도 시원하다. 또한 아무도 알아주지 않아도 자라나서 꽃피고 열매 맺는 것이 가상하기까지 하다. 그것이 자연의 힘이고, 함께 어울림이다.

　며칠 만에 산책을 하는데 뭔가 허전했다. 주변을 살펴보니 나무들은 멀쩡한데, 들풀들은 모두 베어져 있었다. 서운했다. 여기저기 모여 살던 강아지풀, 달개비, 까마중, 코스모스, 망초들이 그동안 살던 곳에서 베어져 함께 묶여져 말라가고 있었고, 그들로 인해 생명의 축제를 벌이던 그곳들은, 상고머리 모양으로 짧게 밀린채 밋밋한 모습을 하고 있었다. 짐작컨대 구청이나 주민 센터에서, 공공근로의 일환으로 여러 천변과 눈에 잘 띄는 곳들의 잡초 제거작업을 한 듯하다. 그들은 매 년 해오던 일을 관례대로, 혹은 어떤 규정에 따라 집행했을 것이다. 지역사회를 쾌적하게 하고, 도시미관도 아름답게 한다고 생각했을 것이다.

　내가 고등학생이었을 때에는, 여름방학에 학생들을 동원해서 무심천변의 풀들을 베고 잡초를 제거하기도 했다. 그 일을 하면서 당연히 할 일로 알았고, 그곳을 지날 때면 깔끔해진 모습에 뿌듯함도 있었다. 들풀들을 그냥 두면 안 될까. 일부러 심은 것도 아닌데, 스스로 자라난 그들이 한살이를 살고 삶을 마감한들 문제될 게 무엇이며, 시민들에게 돌아갈 피해가 하나라도 있을까. 그들의 생명을 도중에 빼앗는 것이, 다음 세대들의 생명존중 교육에 도움이 된다고도 생각하지 않는다. 홍수나 가뭄에 대비해서, 주민들의 정서 교육을 위해서, 그대로 두는 것이 낫지 않을까 싶다.

　우리가 들풀들은 아닐까. 세월 지나면 왕들조차 제대로 기억하지 못하니 이름 없는 백성들을 민초(民草)라고 하는 것이 조금도 이상하지 않다. 꽃 중에 백합과 장미가 얼마나 되는가. 전체 중 지극히 적은 수효에 지나지 않는다. 그 누가 스스로를 온실과 꽃밭에서 세심한 사랑과 돌봄 속에 자라난 화초라고 자부할 수 있을까. 잡초처럼, 들풀처럼 거칠고 끈질기게 살다가 흔적 없이 가는 것이 우리 삶의 모습인데, 들풀 같은 인생들이 같은 처지의 그들을 아끼는 것이 얼마나 자연스러운가.

눈에 잘 띄는 주변의 풀들

　　도대체 들풀 제거를 당연시하는 것은 어디에서 왔을까. 나의 추측으로는 농경지의 피해 방지를 위해, 가축의 꼴을 얻기 위해, 연료로 쓰려고, 군대에서 시계(視界) 확보를 위해, 등일 것 같다. 이제는 한 둘의 특정 목적을 제외하면 풀들을 제거할 이유가 없다.

　　우리의 삶이 어쩌면 억압에 길들여져 왔고, 일사불란(一絲不亂)한 획일화된 문화에 깊이 젖어 있었던 것은 아닌가. 여러 분야에서 많은 것들이 자유로워졌다. 그렇지만 아직도 더 많은 영역에서 불필요한 의식(意識)의 규제들이 풀어져야 한다. 그를 위해 사회 전반의 것들에 관한 깊은 사색과 성찰이 필요하다. 내가 중학교에 입학할 때만 해도 하나같이 여학생들은 단발을 하고, 남학생들은 삭발을 하고 모자를 썼다. 처음으로 삭발을 하는 아이들은 민망해서 대부분 털모자를 눌러 쓰고 다녔지만 중학교에 가려면 당연히 그렇게 하는 것으로 알았다.

한 때는 고등학생들도 교련교육을 받았고, 소풍이 아닌 격전지행군을 하고, 위장복을 입고 학교를 다녔다. 대학생들조차 군사교육을 받고 전방에 입소를 해야 했었다. 국민 전체를 대상으로 머리와 치마길이를 규제하고 경찰이 단속을 했다. 아마 식견 있는 외국인이라면 우리나라 전체가 거대한 군대처럼 여겨졌으리라. 지금 생각하면 상상도 안 되고, 어떻게 그런 일이 있었을까 싶지만 실제 행해졌던 일들이다. 그런 일들이 대부분 폐지되었지만 우리사회가 별로 흔들리지 않는다. 그때마다 옹호자들의 논리는 분명했다. 하지만 어느 정도의 세월이 흐른 지금에 와서, 많은 경우가 통치의 편의를 위해서였음을 누구도 부정하기 어렵다. 시민위주가 아니라 철저히 통치자 중심이었던 것이다.

개인의 개성과 다양성이 존중되어야 한다. 다르다고 해서 잘못된 것은 아니다. 자신의 신념과 양심을 따라, 위축됨 없이 행동할 수 있어야 한다. 한 가닥 직선 같은 가치관과 기준으로 모두를 줄 세우고 평가하려 할 것이 아니다. 누구나 스스로의 판단과 가치관을 가지고, 자신의 일을 추구할 자유와 권리가 있다. 사람들

뿐 아니라 풀과 나무들조차도 그들의 독특한 모습과 다양성을 보여주고, 타고난 생명을 다 누릴 수 있는 꿈같은 현실이 이루어지면 좋겠다. 도시 어디서나 시민들이 자녀들과 함께, 들풀들과 친해지고 그들의 한살이를 마음껏 보고, 풀 한 포기의 생명도 소중함을 알려주고 배우며, 즐길 수 있기를 기대한다. 오늘따라 나의 정규 산책로에 살았던 모든 친근했던 풀들이 더욱 보고 싶다.

# 2. 뒤뜰과 꽃밭 :

나팔꽃

바람에 흔들리는 나비

대견한 패랭이

혼돈의 세월들

초겨울 꽃밭에서

아내와 꽃밭

수(手) 싸움

축제가 끝나면

샤스타데이지

# 나팔꽃

파란색 나팔꽃들이 앙증맞게 피어있다. 마치 새벽부터 날 위해 준비한 것처럼 신선함과 상큼함이 느껴진다. 지난해 처음으로 좁은 화단에 나팔꽃을 심었는데 기쁨과 분노, 사랑과 미움, 고마움과 미안함의 감정을 모두 겪었다. 꽃밭 여기저기 심었더니 꽃과 나무를 마구 휘감아 그들을 힘들게 했었다. 어쩌면 그들의 특성을 모르고 나 혼자 감정의 소용돌이를 치른 듯도 하다. 이 년차인 올해는 같은 실수를 되풀이 않으려고 화단 한쪽 구석에만 심고 방향 유도선을 설치했다. 그 철사를 따라 뻗어 가는데 번식력이 엄청나서 덩굴을 뻗으며 날마다 전진하고 있는 중이다.

그들은 일곱 시쯤에 활짝 핀 모습을 보여주다가 아홉시만 되어도 꽃잎을 오므린다. 맑고 청초하게 피어나 아침에 가장 돋보인다. 우리말로는 나팔꽃이지만 영어로는 모닝글로리(Morning glory) 즉 "아침 영광"이라 하고 일본어로는 아사가오 곧 "아침 얼굴"이다. 아침이 돋보이는 삶, 생애 중 초반에만 한껏 빛나는 존재, 그런 면에서는 나는 그들이 별로 부럽지 않다.

내 삶이 갈수록 나아지고 빛이 나면 좋겠다. 얼마 전에 우리 사회에 회자(膾炙)되던 말로 인생 삼대 재앙이란 것이 있었다. "초년 성공, 중년 상처, 노년 무전"이라 했으니 처음에 잘되는 것이 꼭 좋은 것만은 아닌 것 같다. 얼마나 피하고 싶으면 재앙이라 했을까. 옛 사람들은 비슷한 의미로 "초년고생은 사서도 한다."고 했다. 다행이 내게는 첫 번째 재앙이 무사히 지나갔고 두 번째 재앙도 서서히 비켜가고 있다.

생각해 보면 초년의 성공은 자신의 공(功)이 아닌 것 같다. 초년에 빛나는 예체능의 재능들은 선천적이다. 신체적 재능과 예술적 감각들, 월등한 힘과 빛나는 미모 등은 부모님과 창조주의 은혜다. "저녁 영광" 곧 노년으로 갈수록 스스로의 노력과 열정이 더 많이 성공을 좌우한다.

타고난 재능에 끝없는 노력을 더한다면 인류사에 기여하는 큰 업적을 이룰 수 있으리라. 비록 선천적인 재능이 평범함을 벗어나지 못한다 할지라도 평생 한곳에 열정과 노력을 쏟는다면 자신에게 떳떳하고 한 분야에서 일가(一家)를 이루게 될 것이다.

예전 잘 나가던 시절을 회상하기보다 현재를 즐기며 살고 싶다.

    내 자신이 항상 젊다고 생각해 왔는데 얼마 전 어느 강사가 젊은 시절이 그립지 않느냐고 물어서 적잖이 당황스러웠던 적이 있다. 누군가 젊은 때로 돌아가겠냐고 물으면 늘 원하지 않는다고 대답해 왔다. 찬란히 빛나는 황홀한 청춘은 "청춘예찬" 같은 글속에서나 볼 수 있을 뿐 개인의 실제 삶속에서는 그렇지 못하다. 가

청초한 나팔꽃(칭칭 감기를 잘한다)

능성만을 가진 채로 암울함과 부족함 그리고 불안으로 뒤섞인 방황과 시련의 잿빛시절이 청춘의 때가 아닐까. 그러한 혼돈 보다는 세상이 조금씩 정리되고 짙은 안개가 서서히 걷혀 가는 현재가 좋다. 나이가 든다는 것이 신체기능은 약화되지만 좀 더 지혜로워지고 진리의 모습에 다가가는 것이라면 그렇게 한스러운 일만은 아닐듯하다.

    나팔꽃을 보고 있으니 물건도 주인을 닮는다는 말이 생각

난다.

철사 줄을 타고 오르는 이파리들 가운데 마른버짐처럼 누릇 누릇한 곳이 여럿 눈에 띈다. 주인을 잘못 만나 부실한 땅에 조밀하게 심겨져 영양부족을 겪고 있나보다. 대강 짐작은 하지만 작은 일이 아닐 듯하고 또 한편은 내 목적이 열매를 바라는 것도 아니어서 그 일에 힘을 크게 쏟고 싶지 않다. 내 삶도 조금만 주의를 기울여 살펴보면 누릇누릇한 노력부족의 현장들을 여러 영역에서 찾아낼 수 있으리라.

어디서부터 어떻게 손을 써야 할지 판단이 쉽지 않다. 나팔꽃과 달리 내 삶은 결산(決算)의 순간이 분명히 온다. 그렇다면 아무리 힘이 들어도 부실의 원인을 찾아내 자갈을 골라내고 갈아엎든, 흙 갈이를 하든, 좋은 토양으로 만들어 검푸른 잎사귀에 청초한 꽃들을 피우는 나팔꽃처럼 내게 남은 날들을 더욱 풍성하게 해야지⋯. 원한다고 다 이뤄지기야 하겠는가. 그래도 힘써 노력하면 더욱 나아지지 않겠는가.

지그시 눈을 감고 상상해 본다. 건강한 잎사귀를 매단 튼실한 나팔꽃이 하늘로 향한 철사 줄을 따라 덩굴을 뻗으며 힘차게 올라가는 모습을⋯.

# 바람에
# 흔들리는 나비

달포 전쯤 교외에 사는 분이 예쁜 꽃이 핀다고 화초 몇 포기를 건네 가져와 화단에 심었다. 바람이 불면 약초냄새가 나곤 했다. 햇볕이 잘 들지 않아서인지 멋없이 키만 크더니 어느 순간 봉오리가 맺히고 꽃과 꽃술의 화려한 자태가 드러났다. 화사한 분홍색과 흰색이 어울려 잔칫날의 분위기가 있는듯하고 다소간의 쓸쓸함도 풍기는 것 같았다.

가족들은 아무도 그 꽃 이름을 몰랐다. 웬만한 것들의 답을 지체 없이 찾을 수 있는 첨단시대에 궁금증을 가지고 사는 것은 고역이다. 호기심을 품고 한 달여를 지내며 인터넷을 이리저리 뒤져서 그 이름을 알아냈다. 풍접화(風蝶花), 바람에 날리는 나비. 그 꽃의 이름이다. 족두리 꽃이라고도 부른다고 한다. 그 후로 며칠은 그 꽃을 보는 이들에게 꽃 이름을 알려 주는 게 내 일이었다. 이름을 알면 훨씬 가까워질 수 있는가 보다. 한층 친근함으로 그 꽃을 보았고 오랜 친구처럼도 느꼈다.

한번은 그 꽃의 이파리에 벌레가 있어 잡아주었다고 아내가 말했다. 혹시나 하는 염려에서 다가가 보았다. 한참 만에 두세 마리 벌레를 찾아내 잡을 수 있었다. 어쩌면 그렇게 교묘하게 위장을 했는지 잎이나 줄기와 색깔이 같아 쉽사리 구별할 수 없었다. 한자리에 가만히 서서 오래 보았더니 눈에 띄지 않던 벌레들이 보였다. 그날 나와 아내는 족히 서른 마리는 됨직한 벌레들을 잡았다.

시원했다. 말도 할 수 없고 장소를 옮기지도 못하는 풍접초가 그동안 겪었을 고초를 생각하니 그 벌레가 한없이 미웠다. 아내는 그 꽃 주변에 작은 나비들이 자주 날아다녔다고 했다. 그 나비들이 낳은 알이 부화해서 애벌레로 큰 것이다. 삼사일 그곳을 오가면서 몇 마리씩 벌레를 더 잡아주었다. 그들은 한 잎에 자리를 잡으면 보기 흉할 정도로 갉아 먹었다.

꽃밭에는 풍접초 말고도 몇 종류의 꽃들이 더 있었다. 그런데 유독 그 꽃의 잎만을 갉아 먹었다. 꽃이 예쁘고 향기가 좋아서 인가. 두어 해 전에는 벌의 애벌레가 장미 잎을 갉아 먹어 멀쩡한 줄기를 회초리처럼 만들어 놓았었다. 아름답고 향기로우면 여러 대상으로부터 표적이 되고 많은 시련을 겪는 것인가 보다. 미인박명이라고 하는 말을 그 꽃에서도 이해할 수 있었다.

나비들은 계속 날아들고 있었다. 우리는 고민에 빠졌다. 어느 한 꽃이 유독 튀는 것도 보고 싶지 않은데다 수시로 그 벌레를 잡는 것도 간단한 일이 아니다. 그 흉측한 것들이 계속 생겨나고 머물 것을 생각하니 꽃들을 오래 보고 싶었지만 막다른 선택을 할 수 밖에 없었다.

풍접화에게는 안됐지만 전지가위로 여기저기를 잘라내다 급기야는 전체를 제거했다. 근절(根絶)이라는 표현을 자주 쓰지만 우리는 근발(根拔)을 했다. 그 풀을 뿌리째 뽑아내니 주변이 훤해지고 그 그늘에 가려졌던 키 작은 향나무들이 드러났다. 향나무를 위시한 그늘에 살던 풀과 나무들은 해방을 맞이한 기분이었을 게다. 갑자기 초겨울이 된 듯 꽃밭이 허전하다. 풍접화 있던 근처에는 생명력 강한 봉숭아들이 올해에도 벌써 몇 대째 제 세상인양 점령지를 넓혀가고 있다.


조화와 공존, 다양성과 평화가 이루어진 사회는 어떤 곳일까. 서로의 이해가 맞물리고 햇빛 비치는 맞은편에 그림자가 생긴다. 먹이사슬로 연결된 자연계는 물고 물리며 서로의 생명을 먹이로 해서 유지해 간다. 생물종의 다양성이 살아있는 생태계가 건강하다. 생명을 매개로 지속적인 긴장이 유지될 때 건강한 것이다. 그것이 깨어지면, 곧 상위 포식자가 적어져 죽음에의 긴장감이 약해지면 균형은 무너지고 생태계가 혼란을 맞게 된다.

얼마나 오묘한 이치인가. 그것을 생각하니 화단에 행한 나의 일들이 더없이 무지하고 용감한 일이었다는 자각과 자연에 순응하며 산다는 것이 쉽지 않음을 절감한다. 상대적으로 연약한 동식물에 대한 사람들의 동정과 연민이 온당하지 않을 수도 있음을 생각한다.

나비와 벌들의 애벌레에게는 장미나 풍접초의 잎들이 먹이일 뿐이다. 마치 누에의 양식이 뽕잎인 것처럼. 누에가 뽕잎을 먹는 것을 사람들은 이상하게 여기지 않을 뿐만 아니라 친절하게 챙겨다 준다. 하지만 그 이면에는 그들에게서 비단실을 챙기려는 계산이 있다. 아마도 장미와 풍접초의 잎을 먹는 애벌레들이 우리에게 유익한 것을 만들어 낸다면 그들에게도 먹이를 챙겨다 주리라.

그 나비의 애벌레는 바람에 흔들리는 나비처럼 하늘하늘하고 화사한 풍접초의 잎을 먹이로 하고 인간은 그 꽃을 보고 아름다움을 느끼며 그 잎을 먹어치우는 애벌레를 잡아 풍접초를 지켜주려하는 것이 자연을 유지해 가는 순리는 아닐까. 나의 무지 때문에 이 땅에서 사라져간 풍접화가 흔들흔들 눈앞에 어리는 착각이 인다.

## 대견한
## 패랭이

　11월도 하순이다. 소설(小雪)이 지난 이 때에 꽃밭은 쓸쓸하다. 진달래 작은 나무줄기에 달린 잎들이 단풍처럼 물이 들고 화초들이 시들어 보기에 흉하다. 상록수 몇 그루가 푸른빛을 드러내고, 수염패랭이 몇 송이가 잎도 꽃도 생생하다. 봄에 어울릴 듯 진녹색 이파리에 진분홍 꽃잎이다. 이 쓸쓸하고 색 바래고 엷어지는 계절에 선연한 색이 유별나다. 서리와 추위에 많은 꽃들이 졌는데 보란 듯 피어있는 패랭이꽃이 대견하고 대견하다.

　스스로 생각해도 내 성정을 잘 모르겠다. 실용적인 기술에

서툴러 내 손이 가면 무엇이든 망가지기 십상이다. 그런 손재주에 게으르기까지 하니 생활에 불편이 적지 않다. 하기는 그 솜씨에 이것저것 손대면 그 뒷감당도 쉬울 리 없겠다. 그보다는 뭔가를 읽고 생각하는 게 훨씬 편하다. 그건 잘못돼도 큰 문제가 생기지 않는다. 그러니 할 일이 있어도 가능하면 뒤로 미루든지 핑계를 대고 한 발 물러나는 게 버릇이 되었나 보다.

꽃을 가꾸는 일도 내 일이 아니다. 어떻게 해야 하는지를 모르니 매사 어설퍼 그저 보고 즐기기만 한다. 맘으로야 하다보면 시행착오를 거쳐 할 것 같은데, 먼저 나서지 않고 내가 할 것 같지 않으니 아내가 나서서 꽃밭손질을 하는 셈이다.

꽃이 눈에 들어오지 않는 때도 있다. 눈은 꽃밭을 보고 있어도 생각이 다른데 가 있다. 어쩌다 꽃밭이 마음에 들어오면 한참을 바라본다. 몇 안 되는 꽃 중에 아직 이름을 모르는 것들이 있다. 무슨 야생화 앱을 깔고 사진을 찍어 물어보면 알려주는 곳이 있다는데 엄두가 나지 않는다. 예전에 야생화밴드에 가입해 보았더니 얼마나 많은 이들이 글과 사진을 올리는지 정신이 산란해서 얼마 못가 탈퇴하고 말았다.

우리 꽃밭에 패랭이꽃이 수염패랭이라는 것을 올 여름에 알았다. 인터넷으로 꽃 검색을 하다가 닮은 것이 있어서 대조해 보았더니 같았다. 늦은 봄에 꽃이 핀 듯 했는데 그 후로도 언뜻언뜻 그 꽃은 한결같은 모습으로 제자리에 있었지만 내 마음을 휘어잡진 못했다.

한 달여 전인가, 창밖을 보니 풍경이 달라져 있었다. 다양한 원색으로 눈을 즐겁게 해 주던 풀꽃들이 거무죽죽하니 줄기가 비틀려 있었다. 늦가을 서리가 내렸었나 보다. 추상(秋霜)같다는 의미를 실감하지 못했었더니 그 아침에 내 눈으로 보고 느꼈다. 그날 자세히 보니 국화와 수염패랭이를 빼고는 서릿발 같은 자연의 명령에 거꾸러져 있었다. 국화야 쌀쌀한 늦가을 날씨에 청초한 모습으로 우리 곁을 지키는 줄 알았지만 패랭이의 모습은 뜻밖이었다.

그로부터도 한 달여가 지났지만 패랭이는 같은 모습으로 꽃밭의 허전함을 메우고 있다. 늦가을 서릿발의 무서움을 타지 않는가 보다. 엷어진 가을 햇볕을 받아들여 살아내는 살뜰함을 갖추고 있는 듯하다. 사흘 동안에도 상대가 몰라보게 진보해 눈을 비비고 보아야 한다는 데, 눈썰미가 있는 이들은 한동안 떨어져 있다 만나면 상대의 달라진 모습을 보고 얼마나 치열한 삶을 살았는지 알아낸다. 녹색의 잎에 진분홍 다섯 장의 예쁜 꽃을 긴 긴 세월 피워 올리는 그 열정을 누가 당할 수 있을까. 늦은 봄, 한 여름에는 돋보이지 않아도 늦가을에는 확연히 눈에 띈다. 겨울 한 철 제외하고 제 있는 곳을 빛나게 하는 대견스러운 꽃이 패랭이임을 긴 세월 살고 난 후에야 알아보게 되었다. 내 무신경과 무감각을 탓할 수밖에….

새삼스레 다시 보니 그들이 야트막한 자세로 함초롬히 햇살을 받고 있다. 한 여름에는 숨 막히는 키 크기 경쟁에서 밀릴 수밖에 없었을 것 같다. 자신보다 몇 달이나 늦게 돋아난 풀들조차 하루가 다르게 하늘로 밀고 올라가 시야를 가리고 긴 그늘을 드리울 때 무슨 생각을 했을까. 자리를 넓히기에 능한 이들이 숨쉬기도 버겁게 조여 올 때 어떤 마음이었을까. 갑자기 주변이 느슨해지고 시야가 환해질 때는 새 세상이 열린 것 같았을까. 패랭이는 주변의 움직임에 몸 사리며 뿌리 뽑히지 않고 제자리 지키기에 바빴으리라.

북새통을 떨던 한 해살이 풀들이 사라진 지금 늘 푸른 나무들과 줄기만 앙상한 활엽수 그리고 몇 개의 국화와 패랭이가 있을 뿐이다. 고요가 꽃밭에 찾아왔다. 그들은 서로를 확인하며 지나간 여름을 회상하고 다가올 겨울에 대한 대비를 하는지 모른다.

국화와 패랭이, 찬란한 원색의 꽃들이 모두 지고 그때서야 자신들의 모습을 세상에 뚜렷이 드러내는 처신이 슬기로워 보인다. 남들처럼 끝없이 경쟁에 휘둘리지 않고 시간차를 두고 차별화하는 그 지혜가 놀랍다.

내 자신을 국화와 패랭이에 비할 수 있을까. 스스로 잘 안다. 패랭이처럼 고운 모습도 국화처럼 은은한 향기도 없음을. 그래도 걱정하지 않는다. 모두가 곱고 향기로워야 하는 것도 아니고 그럴 수도 없음을 알기 때문이다. 있는 모습 그대로, 함께 있으면 다양함으로 모두가 조화를 이룬다는 것을, 그간의 삶에서 열등감의 비싼 대가를 치루고 깨달았다.

추위 속에 피어난 진분홍빛 선명한 패랭이가 더욱 대견해 보인다.

# 혼돈의
# 세월들

　　나는 청주시 복대동의 어느 집 담 밑에 사는 키 작은 소나무
입니다. 지금부터 하는 이야기는 내가 최근에 겪었거나 본 것들이
기 때문에 하나도 거짓이 없습니다. 내가 이 이야기를 하는 이유
는 지난 네 달 동안 너무도 많은 변화를 겪었지만 뭐가 뭔지 통 알
수가 없어서 누구에게라도 바른 설명을 듣고 싶고 내 앞날에 대해
서도 알고 싶어서입니다. 내 소개를 조금 더 하자면 괴산 땅 넓은
곳에서 여러 친구들과 함께 살다가 작년 팔월에 갑자기 두 친구와
함께 이곳으로 이사 와서 추위를 견디고 한 해 겨울을 났습니다.

삼월이 되면서 친구들이 몇 명 생겼습니다. 중봉린가 하는 곳에서 내 친척뻘인 키 작고 뚱뚱한 소나무 하나와 키도 몸집도 작은 꼬마 향나무 셋 그리고 장미라고 부르는 빼짝 마른 아이들 셋 또 철쭉이라는 핏기 없는 친구가 와서 갑자기 주변이 시끄럽고 좁아 졌습니다. 그렇지만 그때까지는 별 일없이 조용한 시기였습니다. 삼월 하순쯤의 어느 날 여주인이 우리가 터 잡고 있는 곳을 여기저기 파고는 무엇인가를 뿌리고 덮는 것 같더니 그 후로 빈번히 나와서 물을 주고 기웃거리며 살펴보기도 했습니다. 며칠 안 되어 우리 주위에 작은 싹들이 돋아났습니다. 삼월이라도 비도 오고 눈도 오며 내 발 밑에서 조금씩 커 오는 그들이 귀엽기도 하고 신기하기도 했습니다. 늘어난 애들 때문에 심심하지도 않고 가끔씩 여주인이 주는 물을 함께 맞는 것도 재미있었습니다.

그러다 오월 중순경이 되었습니다. 원래부터 있던 나와 친구들은 그대로인데 장미들이 쑥쑥 자라나고 고물고물 발밑에서 자라던 녀석들도 무서운 속도로 성장했습니다. 여주인도 예전에는 나와 내 친구 옆에 와서 한참을 보기도 하고 얘기도 하더니 이제는 장미에게 주로 갔습니다. 우리만 빼고 어찌나 잘 크는지 자고 나면 시야가 가려지고 좁아질 지경이었습니다. 식구들도 늘어서 백일홍 봉숭아 채송화 나팔꽃 원추리 제비꽃 꽃잔디 국화 그밖에도 이름도 모르는 몇 애들이 더 있어서 사는 곳이 비좁고 바람만 불어도 서로 몸이 부딪힐 지경이 되었습니다. 장미 백일홍 봉숭아 나팔꽃들은 어쩌면 그렇게 잘 크는지 완전히 내 시야를 가려서 답답함을 견디기 어려웠습니다. 그들은 아침저녁이 다르게 자라날 뿐만 아니라 황홀한 꽃들을 피워 올렸습니다. 내가 보아도 눈이 부시게 예뻤습니다. 주인 부부도 우리는 거들떠보지도 않고 눈만 뜨면 그들에게로 달려가서 침이 마르게 칭찬 했습니다. 하기는 내가 보아도 우리는 형편이 없었습니다. 내세울 만한 것이나 자랑거리 하나 없었습니다. 키도 크지 않고 예쁜 꽃도 없고 색깔도 그대로 일 뿐이었습니다. 땅만 차지하고 영양분을 흡수하고 비를 맞아도 달라지는 일 없이 세월만 가니 스스로도 민망해 숨고 싶고 죽고 싶었습니다.

칠월 중순이 되었습니다. 많은 비가 쏟아져 백일홍 봉숭아가 빗줄기에 넘어지고 쓰러졌습니다. 그런 생각을 하면 안 되지만 시원하고 좋았습니다. 그런데, 며칠 지나자 놀랍게도 모두 다시 일어서고 태양을 향해 돌아서서 여전히 꽃들을 피웠습니다. 우리와는 수준이 다른 녀석들이었습니다. 그때는 비교도 경쟁도 포기할 수밖에 없었습니다. 그로부터 며칠 후 주인부부가 기쁜 얼굴로 그들을 보며 몇 마디 이야기를 나누더니 예쁜 꽃들을 거의 다 허리 윗부분을 터걱터걱 베어 갔습니다. 나중에 들으니 꽃다발을 만들어 그것을 들고 사진을 찍었답니다. 그들은 죽지만 영원히 사진으로 남을 거라고 했습니다. 아무리 영원히 남는다고 해도 꽃밭에 그냥 사는 것만 못한 것 같고 우리가 죽지 않은 것이 신기하고 다행이었습니다. 그들이 베어져 없어지고 나니 허전하고 전에는 밉기도 했지만 불쌍한 생각에 눈물이 났습니다. 그후로 또 며칠 후

이번에는 더욱 충격적인 일이 벌어졌습니다. 주인부부가 우리 앞에 서서 꽃들이 너무 크고 무성하기만 하다며 이것도 다 경험이라고 했습니다. 그 다음날 여주인이 전지가위를 가지고 오더니 꽃밭 식구들의 거의 반가량을 사정없이 싹둑싹둑 잘랐습니다. 내 생애에 가장 무서운 순간이었습니다. 그런데 신기하게도 키도 안 크고 꽃도 피우지 못하는 나와 내 친구들은 하나도 다치거나 베이지 않았습니다. 이제는 꽃밭이 복잡하지도 않고 시야가 별로 답답하지도 않습니다.

그렇지만 생각하면 끔찍하고 이해가 되지 않습니다. 그동안 내가 보고 겪었던 감당하기 힘든 변화들과 키 크고 아름다운 꽃을 피운 이들이 허무하게 죽고 별 볼일 없는 우리는 왜 하나도 죽지 않고 살아 있는지 도저히 이해할 수 없습니다. 그들이 잘리는 것을 본 후로는 잠도 잘 오지 않습니다. 내가 쑥쑥 커서 예쁜 꽃을 피울 수 있을지, 그런다고 해서 베임 당함을 면할 수 있을지 그저 하루하루가 불안하기만 합니다. 누구든 나를 좀 도와주세요. 죽을 때 죽더라도 불안하지나 않게 제발 속 시원한 설명이라도 부탁합니다.

# 초겨울
# 꽃밭에서

십이 월 초순. 때 이른 추위, 을씨년스러움 속에 쓸쓸한 꽃밭이 허전하다. 한해살이풀들은 그들의 삶을 마감하고 스러져갔고 늘 푸른 나무들은 여전한 모습으로 찬바람 도는 화단을 지키고 있다. 높은 세면블록 담에 닿아 있어 햇빛 잘 들지 않고 옹색하기까지 하여 힘겨웠을 꽃과 나무들. 화려하고 격정적이던 한 무리는 가고 따가운 여름햇볕, 차가운 겨울바람에도 표정 없이 무덤덤한 한 무리는 남아 있다.

기대어린 만남과 활기찬 성장, 황홀한 꽃 잔치와 자랑스러운 열매들, 언제든 무엇을 하든 뭇사람의 시선을 놓아주지 않았다. 햇살과 빗물을 향한 즉각적이고 격렬한 반응은 살아있음의 증거였다. 하루가 다르게 완성을 향해 달려가는 모습은 시간을 아끼며 부지런히 살아가는 누구에게나 본이 되는 생활이었다.

그토록 다재다능하고 찬란했던 풀과 꽃들이 그 선명한 색깔이 바래기도 전에 비슬비슬 힘을 잃고 스러져갔다. 내 성격이 본래 지극히 소심해서 감정표현이 활달치 못하고 말도 잘하지 못하지만 그것으로 판단하지 말기를. 그 연유로 글로라도 기록해 두고 싶은지 모른다. 때지나 후회해도 소용없음을 모르지 않지만 그때 너무도 아쉽고 서운했었다. 사람들 회자정리(會者定離)라 쉽게 말들 하지만 거자필반(去者必返)도 내 마음속 깊은 곳에 떠나지 않고 남아 있다. 초라하고 소심하고 재주 없는 나 자신이 더없이 한스럽고 활발함과 명랑함, 그리고 적극성과 부지런함이 너무도 부러웠다.

이 땅에서 사라져도 마음속에 함께하는 이들처럼, 심지어 존재하지도 않았지만 어디엔가 함께하는 듯한 동화 속 주인공들처럼 내 마음속에 닮고픈 이들로 자리한 백일홍과 나팔꽃. 그들처럼 생명이 진하도록 날마다 열정적으로 달라지는 모습을 온몸으로 보여주고 싶은데, 왜 나는 할 수 없는 것일까. 다가올 겨울을 내 안의 그들과 같이 하리라.

남아 있는 늘 푸른 나무들. 괴산에서 이사 온 마르고 키 작은 소나무 세 그루와 중봉리에서 얻어 온 땅에 붙는 몸피 작은 향나무. 함께 한 시간들이 잘 기억나지 않는다. 한해살이 화려한 꽃들에 치여 있어도 없는 듯 밋밋하고 심심했다. 씨앗으로 시작하는 화초들에게 한 달도 되지 않아 외모와 사랑스러움에서 밀려나더니 그들이 스러질 때까지 한 번도 내 눈을 번쩍 뜨이게도, 강하게 잡아끌지도 못했다. 산다는 것 자체를 체념한 듯 달관한 듯 잊은 듯 마치 그려진 정물(靜物)처럼 주변의 상황변화에 조금의 감정표현도 없이 무반응으로 일관했었다. 풀과 꽃 지고 나니 이제야 푸른 나무들이 눈에 든다. 어쩌면 그토록 무덤덤할 수 있을까. 스스로 한 몸 건사하기도 힘겨워 다른 이들에게 마음 주지 못하는 걸까. 아니면 철저히 이기적인가. 그러기엔 선조들의 예찬이 마음에 많이 걸린다.

조상들은 왜 그토록 늘 푸른 나무들을 기리며 마음에 품고 살아 왔을까. 어쩌면 그들의 모습에서 자신들의 삶을 보았는지 모른다. 자신의 의지와 무관하게 얹혀지는 고통스런 삶의 무게와 상황변화에 차라리 눈감고 귀 닫고 마음까지 덮고 뒤돌아 살고 싶을 때가 많았을 것만 같다. 선비로 상징되는 엘리트 지식인들. 사림으로 불리는, 현실로부터 일정한 거리를 두어야만 하는 이들의 뻔히 보여도 어쩔 수 없는 무력감들. 감당하기 어려운 고통스런 운명들을 마주하며 차라리 나무가 되고 싶었으리라. 자신들의 모습과 현저히 다른 풀꽃 아닌 나무 그 중에서도 한결같이 푸른 나무들이 자신들의 모습으로 보였으리라. 긴 세월 흐르면 거목이 되고 유용한 쓰임새도 마음에 남고 더러는 잊히지 않음이 은근한 소망이기도 했으리라.

그들은 그렇게 선조들의 나무가 되고 우리의, 나아가 민족의 나무로 자리매김해 왔다. 혹독한 겨울바람, 수북이 쌓이는 눈 속에서도 한여름의 더위와 폭우 태풍이 와도 부러지는 순간까지 감정을 자제하고 참아 견뎌서, 서서히 거목이 되어 자신을 지키고 마을도 지키고 나라를 지킨다는 큰 소망을 가지고 긴 세월 이 땅을 지켜왔으리라.

싹 트고 잎 나는 날부터 하루하루 달라지는 한해살이풀과 꽃. 환하게 피어나 향기 내뿜고 벌 나비 날아들어 볼만한 열매 맺으니 누구랴 그들에게서 눈길 뗄 수 있으랴. 그들과 함께라면 봄부터 가을까지 지루할 날이 없다. 하지만 그들이 지고나면 어딘가 허전하다. 한바탕 난리 끝에 이것이다 남는 것 없다. 그제야 돌아보면 여기저기 눈 안 띄는 구석진 곳에 늘 푸른 나무들이 있다. 한 두 해 지나도 알 듯 모를 듯 그대로의 모습으로 여전히 제자리를 지키고 있다. 달라지지 않은 옛 모습에 늘 보던 눈에 익은 생김새에 마음이 푸근하고 편안하다. 온갖 고초 풍상 함께하며 자리 지키는 조강지처(糟糠之妻)를 생각나게 한다.

이 산하 변함없이 지키는 늘 푸른 나무들. 항상 배경그림처럼 받치고 있어 주인공이 아닌 양 눈길 받지 못해도 그들이 끊이지 않는 이 땅의 역사다. 봄부터 가을까지 활기차고 밝은 한해살이풀과 꽃들이 아니라, 외롭고 추운 겨울을 함께하는 밋밋 심심한 푸른 나무가 우리의 진정한 친구요 소망이다.

# 아내와
# 꽃밭

　새집을 마련하여 이사를 하고 보니 마당에 딸려있는 작은 화단이 거슬린다. 그곳엔 목련과 단풍나무, 두 그루가 덩그마니 심겨져 있었는데, 집주인에게 사랑과 관심을 받지 못하고 세월만 지나갔는가 보다. 화단 넓이나 집 규모에 균형과 조화를 이루지 못하고 이파리만 널브러지게 떨어뜨리고 있었다. 나무들은 덩치가 지나치게 크고 잎이 무성했으며 주변엔 잡초들로 가득했다. 아내는 나무들을 없애고 아기자기한 꽃밭을 만들자고 했다.

　하지만 견고하게 뿌리를 내린 나무들을 차마 뽑아낼 수 없어 살리는 대신, 가지들을 시원하게 잘라내고 나니 공간이 한결

넓어졌다. 아내는 꽃밭을 가꿀 생각만으로도 생기가 솟아나는 것 같았다.

아내는 초등학교에서 아이들을 가르치는 교사였다. 결혼을 한 후에도 임신한 몸으로 왕복 네 시간이 넘는 거리를 버스를 타고 매일 통근하면서 직장생활을 계속했었다. 하지만 직장 일과 가정일로 몸과 맘이 지친 아내는 사표를 내게 되었다. 그러나 개척교회목사의 아내라는 길은 안정된 보수가 보장된 교사의 길과는 비교할 수 없는 가시밭길이었다. 하나님께서 자기를 연단하셨다고 자주 고백이야 했지만 인간이기에 피로가 쌓이고 심신이 피폐해 갔는가 보다. 성도들을 돌보고 교회를 살피는 과중하게 주어지는 일들이 아내를 힘들게 했으리라. 휴식이 필요할 때에 쉬지 못하고 가르쳐야 했고, 생활고까지 겹쳐 점점 활기를 잃어갔다. 아내는 자연과 접할 시간적 여유도 없이 의무감으로 일을 지속하다 보니 급기야 건강이상이 여러 면으로 드러나고 있었다.

이사는 또 하나의 스트레스였다. 모든 것이 넉넉한 중에 이사하는 것이 아닌데다 리모델링이 겹쳤다. 서로의 의견조정과 경제적으로 첨예한 긴장과 타협이 필요했는데, 그 모든 것들을 대부분 아내가 맡아 해결했다. 이사에 따른 변화도 힘겨웠고 경제적 어려움도 가중되었다. 그때에 평소에 하고 싶었던 꽃밭 가꾸기는 아내에게 짐이나 일이 아니라 즐거움이요 취미생활로 억눌렸던 정서의 탈출구요 자연으로 향하는 통로였다. 어디를 가나 무엇을 하든 마음속에는 꽃밭이 있었다. 수련회를 가도 키 작은 소나무와 꽃잔디를 얻어왔고 흙이 좋은 곳을 지날 때는 그 흙을 가져왔다. 아름다운 화단이 마음속에 자라나고 있었고 그것은 새로운 힘의 근원이었다.

반년 가량의 준비과정을 끝내고 화단을 조성하는 일이 봄과 함께 시작되었다. 향나무를 얻어오고 장미를 사왔다. 백일홍 봉숭아 채송화 나팔꽃을 심었다. 황량하던 꽃밭에 새싹들이 돋아나고 아내가 햇볕을 대하는 시간이 늘어갔다. 물을 주고 때 맞춰 비가 내렸다. 화단은 하루가 다르게 푸르러가고 풍성해졌다. 봉숭아는 줄기가 굵어져 가고 백일홍은 키 크는 것이 눈에 보이는 듯하고 나팔꽃은 무엇이든 감고 올라갔다. 아내의 얼굴도 화사해지고 생기가 더해져 갔다.

꽃밭의 형편이 늘 순조롭기만 한 것은 아니었다. 꽃과 나무들이 한창 잘 자라나고 있을 때 집중호우가 내렸다. 연약한 것들은 뽑히고 쓰러지고 웃자란 것들은 피워낸 꽃들이 떨어지는 수난을 겪었다. 우리의 무지로 천적들을 알지 못하고 대비가 없어 잎들이 모두 갉아 먹히기도 했다. 그래도 아내는 꽃밭 때문에 여유를 되찾고 건강해졌다. 그들을 보기 위해 방안에 의자를 들여놓고 눈뜨면 창을 열어 바라보고 달려가 대화하곤 했다. 아침이면 활짝 피는 나팔꽃에 반하고, 튼튼하고 다채로운 봉숭아를 보고 큰 힘을 얻기도 하고, 피고 지고 또 피는 백일홍에서 지속적인 도전과 끈기를 느끼기도 했다. 가끔 커피를 타서 들고 나가 꽃밭 옆에서 그들을 바라보며 마시기도 했다. 아내는 꽃들과 대화를 하는가 보다.

이제는 장미 채송화 나팔꽃의 시기가 가고 백일홍과 봉숭아가 식을 줄 모르는 열정을 보여주고 있다. 특히 봉숭아는 씨 꼬투리가 터지면서 스스로 파종이 되어 마치 이기작이 이루어지듯 두 번째 세대 봉숭아들이 화단 가득 자라난다. 그들의 생명력은 놀라워서 이곳저곳에 옮겨 살아갈 뿐 아니라 조금만 빈터가 있으면 날아가 자리를 잡는다. 어머니 봉숭아들이 자라던 곳에 딸 봉숭아들이 자라나고 꽃피는 것을 보는 것은 또 다른 즐거움이다. 그 모습을 보면서 아내와 나는 감탄하며 자주 많은 대화를 나눈다.

올해는 경험 없이 시도한 일이어서 여러 가지 시행착오가 있었다. 가을을 지나면 두 번째 꽃밭을 준비하게 된다. 아내는 꽃밭의 한해를 돌아보고 즐거움과 아쉬움을 되새기며 내년의 화려하고 생기 넘치는 모습을 그리고 있으리라. 화단에 가득한 꽃들은 우리부부에게 많은 기쁨을 주었고, 꽃이 질 때는 아쉬움도 주어서 비록 식물들과의 관계지만 만남과 헤어짐의 이치도 깨달았다. 어떻게 하면 보다 좋은 환경을 만들어 줄 수 있을까. 다음엔 어떤 꽃들을 초청하여 살게 할까. 아내를 따라 나도 즐거운 상상에 빠져든다.

내년에는 꽃밭에 대해 의논하면 내 의견도 제시하고 함께 돌보기도 해서 나도 그곳에서 활력을 얻을 수 있기를 기대한다. 꽃밭과 함께 아내가 훨씬 건강해졌다. 많은 사람들이 도시에서 건강을 잃고 자연으로 돌아가 자연과 함께 살면서 건강과 정서적 안정을 다시 회복하는 이치를 조금은 알 것 같다. 인생의 힘든 시기에

때맞추어 찾아와 준 한 평 남짓의 작은 꽃밭과 그 안의 주인공들, 한 해 삶의 많은 부분을 꽃밭에 쏟은 아내, 모두가 너무도 소중한 존재들이다.

# 수手 싸움

한 달여 전 큰 아이가 깜짝 놀랐다며 뒤뜰을 달려가는 쥐를 보았다고 했다. 내게는 그다지 놀라운 소식은 아니다. 사람 사는 데 쥐 있는 게 뭐 그리 별스런 일인가 싶은 거다. 한편은 우리 주변에 들고양이가 한두 마리가 아닌데 살아남은 것이 신기하다. 식탁에서 애들에게 어릴 적 쥐에 관한 추억을 들려주니 통 이해할수 없다는 표정이다. 아내는 아이들 편인지 영 불편한 눈치다.

아내가 조심스레 부른다. 가만히 가보니 조그만 쥐가 뒤뜰에서 뭔가를 오물거리며 먹고 있다. 아이들은 쥐의 얼굴을 보니 귀

엽더라고 했다. 친숙한 얼굴이다. 저들이 인간과 함께 살아온 세월이 얼마나 길고 길었던가. 쥐들이 인류보다 이 땅에 먼저 나타났고 자리 잡고 살아왔다는 것이 더 정확한 말이 되리라. 동양권에서는 얼마나 친숙했던지 십이지(十二支) 가운데 첫째 자리를 차지하고 있다. 간지의 역사가 적어도 수천 년 되었다니 그 이전부터 익숙하게 여겨온 셈이다.

쥐 한 마리를 잡으려고 약국에 가서 쥐약을 달랬더니 우리 안위를 걱정함인지 끈끈이를 주었다. 쥐구멍과 잘 다니는 곳을 골라 하나를 놓았는데 며칠이 지나도 걸리지 않았다. 하나를 더 준비해 자주 나오던 구멍 앞에 놓았더니 하루는 구멍으로부터 그것이 약간 밀려나 있었다. 끈끈이에 걸리지 않을 뿐만 아니라 위험성을 알고 밀어내며 다니는 게다. 쥐가 우리보다 수가 더 높다고 할 수밖에….

십이지에 쥐가 가장 앞에 나온다. 작고 하찮아 보이는 것이 첫째인 것은 약삭빠름이나 영리함을 얘기하는 것인지 모른다. "쥐새끼같이 약삭빠르다"라거나 "쥐도 새도 모른다."는 말에서 그런 뜻을 읽을 수 있을 듯하다. 다시 약국에 가서 사정을 얘기하고 이번에는 쥐약을 샀다. 푸르스름한 쌀 모양이었다. 그릇에 담긴 대로 잘 다니는 곳에 두었지만 이번에도 효과는 없었다. 비가 오고 약 성분이 씻기어 땅에 스며들면 그곳에서 크고 있는 채소와 그것을 먹는 우리에게 해로울 것 같았다. 쥐 한 마리 잡으려다 가끔 그곳을 드나드는 참새나 고양이, 그밖에 많은 생명체에 재앙이 될지 몰라 약을 거두었다.

어린이 만화 중에 '미키마우스'가 있다. 내용도 잘 모르고 별로 본 것 같지 않아도 이곳저곳서 무수히 대하니 친숙하다. 쥐들이 실험용으로도 쓰이기도 하고 민담의 소재로도 자주 등장한다. "쥐방울만하다" "쥐뿔도 모른다" "쥐죽은 듯하다" 등 일상의 언어에도 적잖이 들어와 있다. 때로는 서생원으로 높여 부르기도 했다. 오랜 세월을 함께 해오면서 친숙하긴 하지만 이득을 주는 일은 거반 없다. 양곡을 축내고 질병을 옮겨서 박멸의 대상일 때가 더욱 많았다. 얼마 전에도 땅에 묻은 음식물 찌꺼기를 파먹는 새끼 쥐를 보았다. 한 구멍으로 드나드는 것을 보고 아내는 열심히 돌과 블록으로 막아보지만 녀석은 온갖 방법으로 장애물을 헤치고 나타나곤 한다.

가끔 내 집에 오는 이들에게 쥐 잡는 방법을 물어본다. 하지만 아직 이렇다 할 묘안(妙案)이 없다. 그동안 그렇게 자주 보이던 들고양이도 최근에는 눈에 띄지 않는다. 차라리 그 쥐가 다른 곳으로라도 옮겨가 한동안 가족들 눈앞에 나타나지 않았으면 좋겠다.

이번에는 덫을 놓아보자고 제안을 했다. 이런저런 방법을 교묘하게 피하니 덫에 걸릴 것 같지는 않지만 제3 라운드를 치르는 느낌으로 임해보고 싶다. 경험도 많지 않고 어려 보이는 놈이 어쩜 그리 약삭빠를 수 있을까. 가족들이 쥐 한 마리에 시간과 힘을 낭비하는 게 자존심이 상한다. 서로 수(手) 싸움을 하듯 갈 때까지 가보자는 식이다. 새끼 쥐는 자신의 생존을 위해 열심히 먹이를 찾을 뿐 우리에게 호오(好惡)의 감정은 없으리라. 그러고 보면 서로 맞닥뜨린 관계가 꼬였다. 좋지 않은 일로라도 여러 번 대하면 정이 들고 함부로 하기가 어려워진다. 뒤뜰의 쥐와도 수차례 대했으니 못 보게 되면 서운하려나….

쥐가 되고 사람이 된 원인은 알지 못한다. 누구도 모든 지식을 가질 수는 없지만, 자신에게 주어진 삶을 어김없이 살아내야 하니 내게 주어진 길을 묵묵히 걸어갈 뿐이다. 나는 윤회(輪廻)를 믿지 않는다. 시작과 끝이 분명한 직선적 세계관을 가지고 있다. 인간에게 사고능력과 감정이 있듯이 다른 생명체들도 느끼고 판단할 수 있다면 인간들을 지나치게 이기적이라고 하리라. 내게도 나를 중심으로 사물의 이롭고 해로움을 판단하는 개략적인 기준이 있다. 그마저도 지극히 개인적이고 이기적이다.

내 마음 한편에는 수 싸움에서 내가 지더라도 뒤뜰의 쥐가 잡히지 않고 천수를 누리기를 바라기도 한다. 내가 소유하고 있다고 믿는 생명에 대한 얄팍한 연민과 동정심에 기대어….

이미 내가 수 싸움에서 현저히 밀리고 있다는 느낌이다.

# 축제가
# 끝나면

    꽃밭과 뒤뜰이 허전하다. 한동안 색색의 향연이 펼쳐져 마음을 풍요케 하더니 햇살이 엷어지며 색들도 바래갔다. 어느 때부터던가 꽃들이 사라지고 공간이 헐렁하다. 한여름 바닥이 보이지 않던 빽빽함, 벽을 타고 오르던 생명력, 빨강 파랑 노랑 보라 분홍 그리고 흰색의 다채로움이 꿈이었던 듯 조용하다. 올해의 힘차고 역동적이었던 생명의 축제가 지나갔다. 다시 내년이 되어야 볼 수 있으니 대여섯 달을 기다려야 한다. 절정을 넘긴 풀과 꽃들이 추레한 모습으로 민망해 하고 있다.

생명의 흐름이 상승하다가 이제 변곡점을 지나 하강으로 접어들었다. 아쉬움에 몸부림쳐도 삶의 이치를 거스를 수 없다. 살아가는 모든 것들이 앙증맞게 시작해 아름다움을 구가하다가 추레함으로 마치는 것 아닌가. 전성기를 넘기면 도도히 밀고 나오는 후진들에게 자리를 내주고 천천히 뒤로 물러남이 도리인 것을….

그들을 보고 있는 나 자신이 서글프다. 내 전성기도 지나가고 있고 삶의 축제가 절정을 지났음을 알기 때문이다. 어디를 가나 이제는 소장파라 하기에는 후배들이 너무 많고 선배들은 적다. 이마에 몇 개의 주름이 잡혔고 가운데머리가 듬성듬성해지고 있다. 나 혼자 아니라고 우겨서 될 일이 아니다.

그렇다. 인정할 것은 빠르게 깨끗이 인정하자. 녹색 축제는 끝났다. 더 이상 외적인 성장은 어렵다. 하지만 이제부터 금빛 축제가 펼쳐질 것이다. 꽃들이 떨어져야 열매가 자라고 그 후에 달고 고소한 맛이 든다. 자라남이 녹색이라면 맛이 드는 건 금빛과 붉은 색이다. 금빛 축제는 풀과 나무들이 씨앗과 열매를 완성하는 과정이다. 녹색 축제가 외적 축제라면 금빛 축제는 내적 축제이다. 제대로 된 씨앗과 열매라야 후대로 생명을 이어갈 수 있다. 녹색에서 금빛으로 나아감은 분야가 달라진 지속적인 전진의 과정이다.

신체적인 기량을 겨루는 올림픽은 젊은이들의 축제다. 정신적인 성숙을 드러내는 문학은 더러 예외가 있긴 해도 연배가 있는 이들의 영역이다. 이제 황량하고 추레한 풀꽃이 사는 꽃밭과 뒤뜰에서 생명을 이어주는 신성한 작업들이 이루어질 것이다.

출생과 유년 청년과 장년 그리고 노년의 모든 단계가 축제다. 심지어 죽음의 순간도 축제다. 축제에서 축제로 이어지는 것이 생명이다. 봄 여름 가을 겨울이 다 축제의 계절이다. 살아 있는 존재는 죽음의 순간까지 축제를 누리고 즐길 자격이 있다.

축제에서 누리는 즐거움과 기쁨은 애씀과 아쉬움을 단짝처럼 데리고 다닌다. 삶의 각 단계에는 해결과제가 주어지고 그것을 해결하면서 보람과 성취감을 맛보고 안타까움과 아쉬움을 느낀다. 선택의 갈림길에 설 때마다 갈등을 겪으며 주저하고 흔들린다. 그 갈등과 흔들림이 삶의 멋이다. 휘청거림과 흔들림 갈등이 없는 삶이 있다면 얼마나 단조롭고 지루할까. 그것은 풀 한 포기 물 한 바가지 구할 수 없는 사막이요, 신호등도 갈림길도 없는 종착지로만 향하는 밋밋한 고속도로일 뿐이다.

인생에서 녹색의 축제가 끝나가는 시기는 개인적인 과제를 거반 마치고 후세들의 과제에 조언을 하고 도움을 주는 시점이다. 삶의 태풍과 집중호우, 폭염이 지나고 따사로운 햇살이나 선선함 혹은 꾸물거리는 날씨 같은 삶을 살아가게 된다. 이 때에도 자극적이고 강렬한 삶을 사는 이들은 지극히 존경을 받거나 비난받을 삶을 사는 셈이다.

열매로서 동물들에게 좋은 먹을거리로 제 몫을 다하려면 달고 고소한 맛이 들어야 한다. 이 맛은 신선한 공기와 따뜻한 햇살 그리고 알맞은 비를 받아들여야 한다. 인생에서 고난과 역경 그리고 캄캄한 밤들을 지내보아야 삶의 맛이 든다. 맛있는 음식을 조리하기 위해서 물을 뜨겁게 하려면 지속적인 열이 가해져야 하듯이 그냥 밋밋하게 아픔 없이 인생의 맛과 노년의 향기를 얻을 수는 없다.

오늘날 발달한 문명과 넘치는 상품의 유통으로 별다른 노력 없이도 필요한 대부분의 것들을 소유할 수 있다. 어쩌면 그로인해 삶의 맛이 줄어드는 것인지 모른다. 화원에서 몇 송이 꽃을 사다가 꽂아놓고 즐기는 것과 봄부터 씨를 심고 물주고 자라나는 과정에 눈길을 주며, 마침내 꽃봉오리를 맺고 피어난 꽃을 보는 것이 같은 느낌과 감동일 수는 없다.

누구도 자신의 인생을 건너뛰거나 줄여 살 수 없다. 하루하루를 무엇으로든 채워야 하는 게 인생이다. 시선을 달리하면 허투루 보낼 수 있는 순간이 없고 가치가 덜한 단계도 없다. 진짜 축제가 끝나는 것은 죽음을 통과한 이후다. 아니다. 종교를 갖고 있는 이들은 그때가 참 의미 있는 순간이라고 말한다. 인생은 이 땅에 생명을 가지고 오는 순간부터 영원에 이르도록 이어지는 다양한 축제를 살아가는 것이다. 하나의 축제가 끝나면 또 다른 축제가 시작되고 각 축제는 고유한 재미와 즐거움과 아쉬움을 준다.

# 샤스타데이지

올해 우리 집 꽃밭은 썰렁하다. 봄꽃이 산 깊은 곳에, 밭두둑에, 천변에 지천으로 피고 지는데 우리 화단은 고요하다. 이사 와서 한해는 묵혔고 지난해는 화려했는데 올해는 관심을 소홀히 한 탓인지 장미 세 그루가 모두 조용하고 풍성해 보이던 소나무도 죽어서 캐냈다. 봉숭아는 싹이 돋는 수준이고 백일홍은 잠잠하다. 한쪽에서 제비꽃이 피었다지고 돌 틈에서 꽃잔디는 분홍빛 꽃을 피웠다 시들며 자기들끼리 보라색으로 쪼그라져 가고 있다.

쓸쓸한 꽃밭을 그래도 한쪽에서 유지해주는 꽃이 있는데 이름을 알기 어려웠다. 올봄에 석판리 길가의 꽃가게에서 작은 비닐 화분에 담긴 채로 세 개를 사다가 실내에 두었던 것을 날이 따뜻해져 화단에 옮겨 심었더니 훨씬 많은 꽃을 피웠다.

국화라고 하기에는 꽃이 작고 망초라고 하기에는 꽃잎의 수가 너무 적다. 이름도 모르고 두어 달 지내다 며칠 전에 둘째 딸아이에게 그 꽃을 보여주며 이야기를 하니 "계란꽃" 하면서 그 자리에서 스마트폰으로 검색을 하더니 '개망초'라고 했다. 개망초는 꽃잎이 잘고 수도 없이 많은데 이 꽃은 꽃잎의 수가 현저히 적다고 했더니 "정말 그러네." 하고는 잠시 후에 "이거네" 하고 다른 꽃을 찾아 보여 주었다. 거기에 화단의 그 꽃이 있었다.

"샤스타데이지." 딸의 도움으로 찾아낸 이름이었다. 이름말고도 버뱅크라는 이가 프랑스의 들국화와 동양의 섬국화를 교배하여 만든 개량종으로 미국이 원산지라고 나와 있었다. '이 꽃이 동서양이 함께 어울려 만들어졌구나, 꽃에도 세계화가 이루어져 있구나.'하는 생각을 했다.

이 꽃은 추위에 강하고, 볕이 잘 들고 배수가 잘 되는 곳이면 토양을 가리지 않고 잘 자라서 5~7월에 꽃이 핀다고 한다. 세계화된, 적응력이 우수한 꽃이 재배지를 떠나 꽃가게를 거쳐 우리 집에 와서 실내에 있다가 화단으로 옮겨져 잘 적응해서 수많은 송이의 꽃을 피우고 있다. 그러한 사실들을 생각하며 보고 있자니 대단한 꽃이라 느껴진다. 그래선지 꽃말이 "만사를 인내한다."이다. 끝까지 참아내면 뭔가를 이룰 수 있나보다.

잘 부쳐 놓은 달걀의 노른자와 흰자처럼 산뜻하고 신선해 보이는 샤스타데이지. '샤스타'가 인디오 말로 흰색이고 캘리포니아에 있는 눈으로 덮인 샤스타산에서 그 이름을 따왔단다. 뭐라고 해야 하나. 한 송이 꽃도 간단하지가 않다. 그 꽃이 되기까지의 역사가 있고 우리 앞에 나타나기까지의 사연이 있었다.

　　이곳에 와 주어서 참 고맙다. 만사를 인내하는 소중하고 귀한 꽃 샤스타데이지여.

# 변두리가

1. 변두리 생각 :
2. 변두리 상상 :

# 1. 변두리 생각 :

변두리의 변

자본주의의 민낯

이 길(市場經濟)이 맞나

장미에 대한 사색

필요한 부부싸움

청심환 한 병

내 태몽과 밤(栗)

어느 모임의 임원 선출

세상에 이런 일이

외손녀들은 교양인이 되려나

# 변두리의
## 변辯

나는 변두리에 살고 변두리가 좋을 뿐 아니라 내 삶 자체가 변두리다. 서울에서 산 날을 다 합쳐도 열흘이 못되고 가서 머물만한 친척도 만만하지 않다. 서울은 모든 것이 낯설다. 지하철은 매 번 물어 보아도 헷갈리고, 서울의 삶의 속도 자체가 내 마음에 들지 않는다. 변두리에 상대되는 말이 중앙인데, 그곳은 대개 사람과 물자가 집중되어 있고 교통과 문명이 발달되어 있다.

중앙은 인재들이 모여 있어 경쟁이 치열하다. 난 경쟁하여 살아남을 능력도 없고 경쟁 자체가 싫다. 세계의 역사가 다 그렇겠지만 우리의 역사 특히 왕조의 역사는 중신(重臣)들의 생사를 건 주도권 다툼의 역사다. 이것은 옳고 그름의 문제가 아닐 수 있고, 모함이나 국면전환용으로 사용되기도 한다. 그래서 관직의 출발은 영예롭지만 끝은 대부분 비참했다. 여기에서 밀려난 이들이 가는 곳이 자발적이면 고향, 타의에 의하면 귀양이다. 곧 중앙에서 밀려난 이들이 사는 곳, 중앙에 진입하지 못한 이들이 머무는 곳이 변두리다.

중앙은 현재가 있으나 변두리는 미래가 있다. 한 세력권의 흥망성쇠에 직접적으로 가장 큰 영향을 받는 곳이 중앙이며, 변두리는 그다지 큰 영향을 받지 않는다. 중앙은 일찍 핀 꽃과 같아서 영화가 시들어 가지만 변두리는 가능성을 가진 꽃봉오리다. 도시의 중심부는 대개 사람들이 빠져 나가고 재개발도 쉽지 않다. 그러나 변두리는 신개발지가 되면 반짝반짝 빛나는 외곽이 된다.

세상 모든 것에는 빛과 그림자가 있는 법이다. 중앙에 문명이 있다면 변두리에는 자연이 있어서, 중앙에서 상처받은 이들이 위로받고 다시 힘을 얻는 곳이 변두리다. 중앙에는 인공적 풍부함이 있어서 이를 노리는 범죄가 많고, 반면에 변두리에는 자연적 풍부함과 함께하는 이웃들이 있다. 중앙에 필요한 많은 것을 공급하는 곳이 변두리다.

성경에 삼촌과 조카의 땅 고르는 이야기가 나온다. 정들었던 고향을 떠나 낯선 땅에 정착하려 할 때, 그 일에 주도적 역할을 하고 나이도 많은 삼촌이 조카에게 정착지선택권을 주자, 조카는 한 번의 양보나 망설임도 없이 살기 좋은 땅, 자연 환경이 유리한 평야와 분지로 된 중앙을 택한다. 이에 삼촌은 산지 위주의 불편한 변두리를 차지한다. 그런데, 얼마간의 세월이 흐르고 보니, 평야와 분지는 노리는 이들이 많아 전쟁이 잦고 범죄도 많아서 망하게 되어, 조카는 부인도 잃고 간신히 몸만 빠져 나온다. 반면에 삼촌은 자연환경은 척박하지만 자신이 노력한 만큼 건강하고 풍요로운 삶을 산다.

중앙은 분초를 다투나 변두리는 여유가 있다. 중앙으로 갈수록 사람들은 바쁘다. 그렇다고 그들이 더 의미 있는 일을 많이 하는 것 같지는 않다. 단지 활동범위가 더 넓을 뿐이다. 바둑·장기나 운동경기도 직접 하는 이들 보다 훈수꾼이나 감독 코치가 전체를 더 잘 볼 수 있고 여유가 있다. 중앙은 자신들이 역사의 주역이라 생각하겠지만, 정확한 파악과 해석은 오히려 변두리에 있다.

나는 충청도 청주에 산다. 지리적으로는 나라의 중심이지만 정치 경제 문화적으로는 변두리다. 지역별 국회의원수도 경기도 51명 서울 48명에 비해 충북은 8명이다. 우리나라 전체에서 경제적 비중도 약 3퍼센트 정도다. 그래도 충북은 늘 청풍명월이고 산 좋고 물 맑은 고장이다. 한 명의 대통령도 내 본적이 없지만, 지역감정도 없고 선거에서 어느 쪽에 결코 몰표를 주지도 않는다. 충북과 이어져 있는 곳이 충남 경기 강원 전라 경상도이니, 가능한 모든 곳과 손잡고 있는 격이다. 역사적으로 충북에서 어느 누가 전국을 뒤흔든 사건을 일으켰다는 말을 들어 본 적이 없다. 그래도 충북은 유네스코 세계기록문화유산인 "직지"의 고장이다. 한 때 누군가 우리를 핫바지라 했지만 드러내 말하지 않을 뿐 결정적일 때 행동으로 보여 준다. 내가 청주에서 나고 자라 대학과 군대 기간을 제외하면 늘 청주에 살았으니, 그러한 영향을 받지 않았을 리 없다. 내 자신 스스로 변두리라 생각하고 그것에 대해 전혀 불만 없이 만족하며 산다. 변두리는 전체를 받치는 토대요, 중앙을 돋보이게 하는 겸양지(謙讓地)요, 중앙을 살리는 공급지이자 자연의 청정지요, 인정의 저수지요, 조용한 완충지며 현재의 해석지요, 미래의 희망지다. 나는 사람들 가운데 변두리사람이 되어 변두리답게 살고 싶다

# 자본주의의
# 민낯

한 사회가 돌아가는 기본적인 틀을 몇몇 용어로 나타낼 수 있다면 그 중에 하나가 자본주의일 것이다. 자본을 중심으로 돌아가는 체제라는 의미다. 자동차의 엔진처럼 한 사회를 작동시키는 중요한 기본 틀이 자본이다. 그 의미 자체가 경제적이어서 상대적인 말을 고른다면 공산주의 일 것이다. 민주주의나 사회주의는 그 사회의 주인이 누구냐는 것인데 이제 사회주의 국가조차도 민주주의라고 표현하고 있으니 비교하는 것 자체가 의미 없다.

한 사회의 경제를 운영하는 틀로써의 공산주의는 실패로 실험이 끝났다. 함께 생산하고 함께 소유한다는 것이 얼마나 지난한 일인지, 지배자들과 피지배자들이 어떻게 형성되고 그 틀을 벗어나기가 어느 정도 힘겨운지, 개인의 욕망이 얼마나 강력한 힘인지를 인류의 역사는 보여주고 있다. 너나없이 다 같이 주인으로 잘 살아보자는 것이 모두가 못사는 것으로 귀결되고 말았다. '동물농장'에서 보여주듯이 지배계급이 나타나고 비난했던 일들이 되풀이 되었다. 차라리 자본주의에서는 능력 있는 이들이 잘 사는 것이 현재를 어렵게 사는 이들에게 희망과 목표라도 될 수 있었다.

자본주의의 단점이라면 출발이 너무도 차이가 난다는 것이다. 100미터 경주에 비유한다면 출발선에서 뛰는 이들이 있는가 하면 어떤 이들은 7~80미터 앞에서 달리기 시작한다는 것이다. 그 용어자체가 자본이 중심이라는 것으로 돈이 사회를 움직이는 기본적인 힘이라는 것이다. 그러니 가지고 있는 돈의 크기가 영향력인 것이다. 그 자본이 또 다른 자본을 낳는다. 이 말은 자본의 규모가 '부익부 빈익빈'으로 기울 수 있고 사람이 자본보다 낮게 평가될 수 있다는 것이다.

한자(漢字)는 그림에서 출발한 뜻글자여서 그 문자를 통용하는 이들의 의식구조를 보여주고 우리에게 많은 생각의 여지를 제공하고 있다. 자본(資本)이라는 낱말도 흥미롭다. 자(資)라는 글자가 보여주는 바가 재물은 첫째가 아니라 둘째라는 것이다. 버금 곧 둘째[次]가 돈[貝]이다. 으뜸이나 첫째가 될 수 없다는 거다. 문자대로라면 근본이 아닌 것이 근본인 된 셈이고 주인이 될 수 없는 것이 주인이 되어있는 자기모순(自己矛盾)인 셈이다.

많은 이들이 자본주의가 본질적으로 최선이 아닐뿐더러 옳지도 않다는 것을 인정한다. 문제는 대체할 만한 다른 방법이 없다는 것이다.

자본주의의 화장을 지우고 맨얼굴을 보면 본질적으로 약육강식의 법칙이 지배하는 정글의 세계다. 약육강식은 야만적인 동물세계의 원리요 적어도 이성과 상식이 통하는 사람들 사이의 원리는 아니라고 우기고 싶지만 현실은 멋진 포장지에 싸인 야만스런 정글의 세계다. 자본주의의 요체는 자유로운 이익 추구와 그에 상응하는 사유재산 보호다. 그 마당이 시장이며 원리가 자유경쟁이다. 능력이 있으면 얼마든지 자원을 사유화할 수 있으며 그 능력이 곧 자본이다. 토지 자산 인력이던 것에 기술과 정보까지 더하여 이러한 자본을 기반으로 한 무한 경쟁이 심화되었다.

예전에는, 적어도 동양권에서는 자본에 형이하학적 혹은 탐욕의 의미가 일부분 포함되었거나 최소한 선(善)이라는 개념은 들어있지 않았다. 그러니 가난이 부끄럽지 않았고 때로는 깨끗한 선비다운 향기가 나기도 했다. 하지만 칼뱅으로 상징되는 근대적 사상은 부와 근면, 가난과 나태를 단단히 묶어 놓았다. 극단적으로 말하면 부요함은 선이요 축복이며 가난함은 악이요 저주로 여겨지는 게 자본주의 셈법이다. 부의 축적에 있어서 과도함은 없으며 그것은 능력이요 권장되어야할 선이 되었다.

비유하자면 백 명이 있는 마을에 떡 백 덩어리가 있는데 한 사람이 아흔아홉 덩어리를 창고에 쌓아두고 수십 명이 굶주려도 그 한 사람을 비난할 수 없다는 것이다. 비난은 커녕 다수가 그를 본받으려 하고 부러워하며 추앙하고 그에게 잘 보이고 싶어 한다.

나는 자유무역협정의 본질이 무엇인지 모른다. 어렴풋이 짐작하기는 모든 제약을 풀고 오직 실력으로 다시 말하면 종합적 의미의 자본을 바탕으로 약육강식의 세계를 펼쳐보자는 것이 아닌가 싶다. 논리적으로나 원칙적으로 맞는 것 같지만 다시 곰곰이 생각하면 끔찍할 수도 있다. 체급경기에서 체급을 모두 없애고 경기를 한다면 어떨까. 거인들의 잔치가 되고 보통의 사람들은 설 자리가 없어질 것이다. 마치 배구와 농구가 키의 제한을 두지 않으므로 꺽다리들의 잔치마당이 된 것과 같을 것이다. 우리나라의 경제력이 세계에서 상위권에 속해 있으니 자유무역협정(FTA)이 유리할 수 있다. 하지만 우리보다 앞서있는 나라들의 영향력이 너무도 크고 또 지구촌 전체를 염두에 둔다면 어떻게 하는 것이 지혜로운 일이며 전체를 행복하게 하는 것인지 깊이 고민해 보아야 한다.

자본주의의 민낯은 아름답다기보다 험악하고 잔인해 두렵기까지 하다.

# 이 길 市場經濟 이 맞나

오래 전 한 작가가 작은 호숫가에서 두 해 두 달을 살고 그것을 기록한 책을 읽었다. 그는 혼자였지만 한 가정도 적은 경비로 살아갈 수 있겠다는 생각을 했다. 그 글을 대하면서 오랫동안 품고 있던 인류의 진보와 시장경제를 다시 돌아보았다. 거대한 블랙홀처럼 이 시대를 삼키는 자본주의 논리에서 벗어날 길은 없는가. 전 세계가 경제문제로 어려움을 겪고 선거 때마다 경제가 가장 큰 문제로 떠오른다.

경제문제의 한 가운데에 시장(市場)이 있다. 중학생만 되어도 익히 아는 "보이지 않는 손"에 의해 움직이는 시장이 자본주의의 중심임을 부인할 수 없다. 무언가를 사려는 이들이 있으면 그것을 생산해 팔려는 이들이 생긴다. 사업가들은 항상 사람들이 무엇을 원하는가에 예민하다. 상품의 공급과 개량이 소비자들의 욕구에 맞춰진다는 것에 문제가 있다. 인류전체를 염두에 두고 큰 그림을 그리는 것이 아니라 개인의 편리와 신체적 쾌락을 충족시키는데 그 목적이 있다는 것이다.

여름나기가 쉽지 않다. 처음에는 바람이 잘 통하는 나무그늘 아래서 더위를 피하고 손부채질을 했으리라. 재주 좋은 이들이 이것을 보고 부채를 만들어 팔기도 했을 것이다. 전기가 공급되자 선풍기가 등장하고 재력 있는 이들이 에어컨을 사용하니 하나 둘 그 대단한 편리함에 들여놓았으리라. 나무그늘에서 부채로, 선풍기를 거쳐 에어컨으로 가는 과정에서 보이는 것은 무엇일까. 넓은 곳에서 좁은 곳으로, 열린 공간에서 닫힌 공간으로 향하는 것이다. 지역공동체에서 가정으로 그리고 개인으로 옮겨져 간다. 나무그늘과 부채는 자연적이고 자족적이다. 하지만 선풍기에 이르면 외부에너지를 써야 하고 에어컨은 전력소모가 수십 배에 이른다. 그 전력생산을 위해 많은 자원이 소모된다.

상식으로 판단하면 더위에 나무그늘과 부채를 향해 가야 하는데 현실은 반대다. 어디에 그 이유가 있는가. 그 중심에 시장이 있다. 시장은 개인의 편리와 신체적 쾌락을 부추겨 제품을 소비하게 한다. 에어컨의 사용으로 인류가 얻은 것은 냉방병이라는 반갑

잖은 질병과 유한한 자원의 남용(濫用)이다. 누구나 아는 사실인데도 현실은 달라지지 않고 오히려 방마다 에어컨을 설치하는 것을 당연히 여긴다.

인류에게 이동수단은 두 다리였다. 길고 긴 세월을 사람들은 자신의 두 다리나 짐승을 타고 이동했을 뿐이다. 인류사의 최근세에 차가 등장한다. 차의 등장이후로 인류의 생활모습은 놀랍게 달라졌다. 자동차를 비롯한 외부의 힘을 이용하는 탈 것들은 매연을 내뿜기 시작하고 차는 폭발적으로 늘어났다. 자동차의 증가를 이끈 데에는 도로의 확충이 한 몫을 했고 그 배후에는 국가가 있었다. 자동차는 사람들의 이동 폭을 넓혔고 엄청난 자연파괴를 앞당겼다. 걸어 다니던 습관을 차를 타는 것으로 바꾸면서 운동부족이 왔다. 차를 통한 빠른 이동이 사람들에게 그만큼의 시간적 여유와 자유를 주었는가. 오히려 더욱더 바빠졌을 뿐이다. 도로를 메울 듯이 차가 늘어난 요인은 무엇인가. 개인의 편리와 신체적 쾌락의 추구 그리고 그것을 부추긴 시장이었다. 이성을 가지고 조금만 신중히 사유(思惟)하면 자동차가 인류전체에게 유익보다는 큰 피해를 끼치리라고 판단할 수 있다. 대의(大義)가 개인의 편리와 쾌락에 패한 것이다. 교통의 발달은 빠르게 지역공동체를 해체하고 사회를 기능 중심으로 재편해왔다.

문명이 앞선 나라가 선진국이다. 그런데 선진국 국민들의 삶의 만족도는 미개한 나라에 뒤처지고 있다. 선진국의 빈부차가 큰

요인은 아닐까. 미개하다는 이들의 빈부 차이는 크지 않을 것 같다. 에어컨이 없기는 빈부가 다 마찬가지다. 그들에게 함께 하는 넓게 열린 공간이 있다면 선진국에는 좁고 닫힌 개인적 공간뿐이다.

선진과 미개의 모습 중 어느 편이 더 바람직한가의 판단은 어렵지 않다. 문명사회보다 미개한 곳에 희망이 있다. 그러면 인류가 가고 있는 길이 잘못된 것이 아닌가하는 의문을 품는 것이 마땅하다. 이 의문에 대한 확신과 해답이 있어도 그것을 행동으로 옮기려 할 때 강력하게 막아서는 것이 시장이다. 개인의 욕망 충족과 기업의 이윤추구에 기반하고 있는 이 시장의 가공(可恐)할 달음박질을 멈추게 하거나 방향을 바꾸게 할 힘이 어딘가에 있기는 한 것인가. 지금으로서의 답은 어디에도 없다는 것이다.

인류가 가고 있는 이 길이, 시장경제가 과연 바람직한가에 강한 회의가 너무도 자주 일어난다.

# 장미에 대한
## 사색 思索

아파트 낮은 담벼락에 심겨진 장미들이 흩뿌린 비에 꽃 뭉치를 떨어뜨렸다. 인도 위에 아무렇게나 흩어진 꽃송이들이 안쓰럽다. 발걸음을 멈추고 떨어져 조각난 장미 꽃잎을 주워들어 유심히 바라본다. 이 땅에서 장미에 대한 예우가 많이 달라졌음이 분명하다. 쉽게 접하는 꽃이 되어서 귀족처럼 대우하지 않고 흔한 꽃으로, 웬만한 야생화와 별 차이 없이 다루고 있다. 잘못된 일이라 할 순 없지만 장미로서는 처신과 적응이 당황스러울 수밖에 없으리라. 다른 꽃들은 이제야 장미를 친구로 여길지도 모른다.

품위 있는 몇몇의 사람들에게 특별한 날에만 향유되던 귀족의 꽃이었다가 어디서나 누구나 대할 수 있는 모두의 꽃이 된 것이 장미에게 자랑스러움이나 자부심이 될 수 있을까. 누구나 쉽게 대하게 된 것은 많은 이들의 사랑과 선택을 받아 종족이 번성하고 동무들이 많아져 외롭지 않게 된 것 아닐까. 장미는 오히려 연인들이 사랑을 고백할 때에 수줍게 내밀고, 마른 꽃잎조차 책갈피에 소중히 간직되던 그 시절이 그리울 수도 있다. 자신이 아파트와 길거리 사이에 한 줄로 늘어서서 울타리역할을 하다가 비바람에 떨어져 뭇사람에게 짓밟히고, 천덕꾸러기로 청소의 대상이 되는 신세가 될 줄을 어찌 예전에 짐작이나 했을까.

생각을 달리하면 한정된 이들의 꽃에서 모든 이들의 꽃이 되었고, 특별한 날의 꽃에서 날마다의 꽃이 된 것이다. 이제야말로 세계인의 꽃이요 지구의 꽃으로 등극한 것이다. 그림속 선망의 꽃에서 생활 가운데 항상 보고 즐기는 일상의 꽃이 되었다. 울타리꽃이면 어떤가. 아무 역할도 없이 피었다 지는 것보다야 울타리역할을 할 수 있다는 것은 당당하고 떳떳한 일이다. 어떤 일이라도 하고픈데, 아무 할 일이 없을 때의 고통과 민망함을 겪어본 이들은 그것이 아무리 하찮아도 할 일이 있음의 고마움을 안다.

장미는 도시의 꽃이요 만인의 꽃이며 사랑의 꽃이다. 산속과 들판의 무수한 꽃들을 떠올려 볼 일이다. 공식적인 이름은 있지만 그 이름을 아는 이조차 적고, 언제 잎이 나서 꽃이 피고 지는지 기억조차 해주지 않는 철저한 무관심속에 비 바람 구름과 주변의 풀들만이 그들의 친구가 되어 한 생애를 마치는 들꽃들과 비교하면 장미의 삶은 얼마나 화려 찬란한가.

그렇다고 해서 들꽃이 가치가 없거나 불쌍하다는 것은 아니다. 그들은 누가 알아주기를 구태여 기대하지 않는다. 고고한 선비처럼 당당하게 자연의 일부로 살다가 생을 마감한다. 인적 드문 산과 들에서 자신의 내부로 결집된 에너지와 외로움이 한데 모여 힘이 되는지 그들은 갖가지 한약의 재료가 된다. 도시와 정원의 꽃들이 아름다움으로 사람들의 정서를 풍요롭게 한다면, 혼자 피고 지는 산과 들의 외로운 꽃들은 사람들의 질병을 치료해 준다. 그리 보면 그들 중 어느 편의 역할이 더 크다고 쉽게 말할 수 없다. 나아가 그들은 정서의 풍요나 질병의 치료라고 하는 인간적인 일에 전혀 관심이 없을지도 모른다. 그들은 자연의 이치에 따라 충실하게 그들의 삶을 살고 있는 것뿐이리라.

45억 년 정도로 추산하는 지구의 역사에 약 400만 년 전에 나타나 기껏해야 백여 년을 살고 이 땅을 떠나는 인간들이 자신들보다 훨씬 전부터 존재했던 생명들을 스스로의 관점으로 판단한다는 것이 얼마나 민망한 일인가. 인간이 등장하기 전 저들만의 긴 세월은 얼마나 될까. 장미도 들꽃도 이 땅에 모습을 드러낸 이후로 바람과 구름과 내리는 비를 친구삼아 그냥 피고 지며 긴 세월을 살아오는 것을 인간들이 이말 저말 부질없이 헛소리를 늘어놓는 우를 범하는 것은 아닐까.

장미는 약 6~7,000종 가량이 현존한다고 한다. 자연적으로는 그 정도까지 다양하지 못할 것이니, 인간의 기호에 따라 육종과 개량을 거듭한 결과일 것이다. 자연의 많은 생명들이 개량될수록 본래의 야성(野性)은 약해지는 것 같다. 점차 개량되어 인간의 기호에 맞추어 지는 것보다 본래의 야성을 유지하는 것이 그들에게는 더 다행스러운 일이 아닐까. 그런 의미에서는 들풀이 장미보다 행복할 수도 있으리라.

다양한 색깔의 장미가 개발되고 마침내 불가능해 보였던 푸른 장미도 등장했다고 한다. 우리 주변의 수많은 장미들. 꽃의 대표라 할 수 있는 그들은 스스로를 어떻게 평가하고 있을까. 많은 장미들이 여러 가지 이유로 오늘도 목이 잘리고, 꽃다발로 만들어져 주고받는 이들에게 사랑과 감동을 줄 것이다. 그것이 장미가 원하는 일생이요 행복한 삶일까. 그들의 이야기를 직접 들어볼 수는 없을까. 불가능의 영역이 점차 줄어드는 추세이니 미래의 어느 날 이같은 상상이 현실화될지도 모른다. 그때에 "행복해요, 더없이 행복해요" 하는 말을 나는 장미에게서 듣고 싶다.

# 필요한
# 부부싸움

어떤 이들은 부부로 수십 년 살면서 한 번도 부부싸움을 하지 않았다는 것을 자랑스러워한다. 그런 이야기를 들을 때면 불쌍한 마음이 앞선다. 그것은 나에게는 거짓말이거나 아니면 행복하지 못한 부부생활을 했다는 고백으로 들리기 때문이다. 한 집안에서 같은 부모에게서 나고 같은 음식을 먹고 같은 가정 분위기 속에 자라는 형제자매도 숱하게 싸우며 성장하는데 수십 년을 서로 다른 가정과 환경 속에서 자라고 배운 이들이 어느 날 결혼하여 가정을 이룬다고 완벽하게 맞아 들어 갈 수 있을까? 맞지 않는 것이 정상이며 그때에는 의견조정이 필요하고 여의치 않아 목소리가 커지면 부부싸움이 되는 것이다. 누가 나에게 부부싸움을 하느냐고 물으면 조금도 주저함 없이 그렇다고 대답한다.

　　나는 부부싸움을 조금은 조용히, 소리 없이, 격렬하게 한다. 불만이 있으면 아내는 그때그때 이야기 한다(모아서 하는 지도 모른다). 그러면 나도 그에 대한 내 생각을 말한다. 곧 아내의 재반격이 이어지고 어조에도 감정이 실린다. 이때쯤에는 나는 말이 사라지고 침묵으로 들어간다. 뭐라고 대꾸하면 또 다른 반박이 이어지고 내가 한 마디 하면 아내는 서너 마디 하니까 양에서도 밀리고 논리와 말솜씨에서도 차이가 현저하다. 게다가 아내에게는 든든한 지원군이 셋(우리는 딸만 셋이다)이나 있으니 침묵하거나 그 자리를 피하는 수밖에 없다. 아무리 생각해도 억울하면 침묵투쟁을 한다. 이것이 격렬하면 며칠을 가기도 한다. 그러나 적절한 기회가 되면 누가 먼저랄 것 없이 화해의 표현을 하고 한번 정도 거절하고 받아들인다.

　　부부싸움을 하지 않는 것은 대화가 없거나 있다고 해도 서로 평등하지 않고 일방적이라는 것이다. 평등한 관계에서는 한 쪽의 의견만이 언제나 옳을 수는 없다. 서로 다른 의견은 필연적으로 조정이 필요한데 그 과정에 약간의 충돌은 있을 수밖에 없다. 이 과정이 없다는 것은 마치 상하관계처럼 늘 이기고 지는 편이 정해져 있다는 것이 된다. 그런데 이 상하관계는 가정에 평온함은 유지되지만 건강한 상태는 될 수 없다. 남편 말이 절대적으로 옳고 아내가 무조건 따라야 하는 유교적 가부장제에서는 부부싸움이

난다면, 아니 집에서 큰소리라도 난다면 부끄러운 일이고 남 보기에 민망한 일이었지만 이제는 그런 시대가 아니다. 또한 웬만해서는 옆집에서 의견다툼이 있는 지도 모르고 그런 일에 별관심도 없다. 서로 동등한 인격을 가진 존재로 존중한다면 보다 유연한 의견 제시와 조정을 위한 다툼은 민주적인 가정에서 습득해야 할 기본소양이다.

자신의 의견이 정당하지 않으면 반대에 부딪히고, 때에 따라서는 부결당하는 경험을 당연한 것으로 여길 수 있어야 한다. 자신의 의견이 늘 옳은 것으로 여겨지면 자신을 바로 볼 수 없고 독재자처럼 될 것이다. 그런 사람은 민주적인 절차에 적응하기 어려울 게다. 반면에 항상 자신의 의견을 굽혀야 하는 사람은 얼마 가지 않아 의견 자체를 표현하지 않고 상대의 의견에 맹종하는 수동적이고 무책임한 사람이 되어 민주사회에 도움이 되지 못할 수도 있다. 이런 상황은 누구에게도 득이 되지 않는다.

부부 사이의 불만은 과도하게 참거나 억제할 것이 아니라 적당히 드러내는 것이 현명하다. 어느 쪽이든 이러한 불만이 마음속에 쌓이면 병이 되거나 극단적인 행동으로 기물을 부수거나 혹은 자신이나 남을 해할 지도 모른다. 평상시에 평안하다고 해도 위험물을 안고 사는 것과 다를 바 없다. 서로의 불만이 다루기 힘든 괴물이 되기 전에 그때그때 제거해 가는 것이 건강한 삶의 방법이다. 가정에서 자녀에게도 이 과정을 보여 주는 것이 더 교육적일 수 있다. 어느 가정의 아이들은 파괴적이고 극단적인 부부싸움을 너무 많이 보아서 비교육적이고 어느 가정의 아이들은 온건하고 건설적인 의견다툼도 본적이 없어서 비교육적이다.

　적어도 부부가 싸우는 순간만큼은 평등하다. 최소한의 예의와 배려를 유지한다면 그 과정을 통하여 많은 것을 얻을 수 있다. 부부싸움은 승자와 패자가 따로 없다. 잘하면 둘 다 승자가 되고 잘못하면 둘 다 패자가 된다. 부부는 서로 영향을 주고받는다. 의견조정을 거치면 생각과 행동이 달라진다. 그 굽이지고 오르내림이 있는 호젓한 길로 가정공동체를 평생 함께 밀고 가는 이들이 부부다. 순간순간 드러나는 서로의 차이를 인정하고 익숙해지려 노력하며 서로에게 점차 물들어 같은 색으로 닮아 가는 여정이 아름답다. 생각이 다를 때 서로 정겨운 어조의 낮은 목소리로 다름의 폭을 좁혀 갈 일이다. 그래도 간격이 뜨면 조금 더 목소리를 키우고 여전히 일치점을 찾지 못하면 그때는 목소리에 감정을 실어 의견을 조정해 보자. 그 후에는 잠시 서로 쉬면서 모두가 승자인지 패자인지 따로 생각해 볼일이다. 서로의 차이가 한결 좁혀지고 둘 다 인정할 만한 좋은 방법이 이미 눈앞에 나타나 있으리라. 나는 친한 이들이 지난밤에 부부싸움을 했다는 얘기를 아무렇지 않게 덤덤하게 하는 것을 듣고 싶다.

# 청심환
# 한 병

회사로 출발한지 30분이 채 되지 않아 첫째가 전화를 했다. 앞차를 받았단다. 사람이 다쳤는지 물으니 아니란다. 그러면 별 거 아니라고 보험사에 연락하면 다 알아서 해 줄 것이니 걱정하지 말라고 했다. 와주기를 바라는 눈치가 역력했지만 다른 해야 할 일이 있어 못 간다고 했다. 기대감을 가지고 의지하고 싶었을 것이 느껴져 일을 미루고 현장에 가보았다. 보험사 직원이 나와 있다가 별 사고가 아니라고 안심을 시킨다.

출근길에 바쁘게 가다가 무슨 일이 있었는지 앞차가 급정거를 했단다. 차간거리가 짧아 브레이크를 밟았지만 앞차를 받아 번호판이 조금 쭈그러진 모양이다. 이미 상대차도 떠나고 경찰도 자리를 뜨고 없었다. 얼굴이 얼고 조금은 추워 보인다. 누구나 작은 사고들을 겪으며 운전이 익숙해지는 거니 걱정할 일이 아니라고 위로하며 출근을 독려했다.

운전을 하면서 크고 작은 사고를 한 번도 겪지 않는 이들이 얼마나 될까. 나도 인사사고는 없었지만 여러 번 접촉사고를 냈다. 그때마다 당황스러웠다. 돌이켜 생각하면 아찔한 순간들이 많았다. 그런 일을 겪고 나서는 차타기가 싫었고 두렵기도 했다. 한 번은 겨울로 접어든 때에 성도의 가정을 방문했는데 그 집에 머무는 동안 비가 오고 기온이 내려가 도로가 얼었다. 지대가 높은 곳에서 내려오는 길이었는데 내가 운전하는 방향과 관계없이 차가 가고 있었다. 경험이 많지 않은 때여서 진행방향과 반대로 핸들을 돌릴 수밖에 없었다. 차는 담을 향해 미끄러져 가고 반대편으로 운전대를 돌리니 이번에는 차가 비탈로 향한다. 그 비탈 아래는 허름한 집들이 여러 채 있었다. 자칫하면 그 지붕위로 차가 떨어질 판이었다. 함께 동승한 이들은 그 순간의 위험을 잘 몰랐을 게다. 위험한 순간을 간신히 모면했다. 하나님의 은혜라고 밖에 설명할 수 없었다. 20여 년이 지났지만 지금도 모골이 송연하다는 말을 그럴 때 사용하는 것이라고 생각한다.

이른 시간이라 문을 연 약국이 없었다. 청심환을 사먹으라고 했지만 그냥 지낼 것이 뻔했다. 아내와 집으로 돌아오다 다시 첫

째의 회사가 있는 곳으로 갔다. 내등 오지 않던 눈이 내리고 안개가 자욱이 꼈다. 낮이지만 쾌활한 느낌이 없고 침침할 뿐이다. 미호천다리를 지날 때에는 안개가 스멀스멀 달려들었다. 출근 차량들이 밀리면서도 다들 바쁘게 달리고 있다. 평소와 달리 시야가 좁으니 당황스럽다. 어디에서 좌회전을 해야 하는지 미리 알 수가 없다. 앞일을 알 수 없는 게 사람 일이라더니 오늘 날씨가 그 짝이다. 간신히 길을 찾아 약국을 확인했다. 시간이 일러 문을 열지 않았다. 주변을 한 바퀴 돌았다. 익숙지 않으니 바쁜 출근시간에 주차할 곳이 마땅치 않다. 다시 와 보니 약국내부가 환하다. 아내가 들어가 마시는 청심환을 샀다. 회사 근처에서 전화를 하니 첫째가 손을 흔들며 나온다. 약을 건네고 회사를 휘돌아 집으로 오며 생각했다. 첫째는 정말로 그다지 놀라지 않았을지도 모른다. 또 청심환의 효과가 미미할 수도 있다. 그것보다는 우리가 자신을 응원하고 있다는 사실을 기억하는 것이 훨씬 마음 따듯하고 힘이 될 게다. 아마도 그것이 더 효과가 있을 듯하다.

아침 시간이 꽤 지나가는데 아직도 날은 환히 개이지 않는다. 게으른 이들에게 눈이 왔음을 알리려 하는지 길가 상록수 가지와 잎에 눈이 소복하다. 자주 볼 수 없던 설경에 어린 시절로 달려간 내 마음에는 코끝 시린 바람이 불고 찬 고무신을 신고 한적한 흙길을 가는 소년이 있다. 그 추웠던 겨울엔 한 겨울 내내 흰 눈이 쌓였고 개울이 얼고 처마에 고드름이 주렁주렁 달렸었다. 시내로 접어드니 길은 산뜻하고 눈을 볼 수가 없다.

예상치 못한 일로 긴 아침을 보냈다. 어찌 인생이 생각한 대로만 흘러갈 수 있으랴. 그럴 수 있다고 한들 그보다 따분한 일이 있을까. 때로는 뜻밖의 일들이 우리를 당황스럽게 만들거나 더없이 기쁘게 해주기도 한다. 그런 일들은 아이들을 성숙케 하고 어른들을 겸손하게 한다.

주변을 돌아보면 평소 운전을 잘 한다고 자신하는 이들이 사고를 낸다. 그들은 속도를 내고 앞지르기, 차선변경을 멋지게 하고 어디에 속도측정기가 있는지를 잘 안다. 요즘은 내비게이션 아가씨가 모든 것을 지나치리만큼 친절하게 가르쳐 준다. 자만심은 늘 우리의 경계를 늦추게 한다. 운전을 하다 가끔 접촉사고가 나듯이 인생에도 원치 않는 일단정지 신호가 들어올 때가 있다. 일정은 쉴 틈이 없는데 휴식할 수밖에 없는 순간이 온다. 갑자기 찾아온 사고나 질병 가볍게는 감기 같은 것들이다. 어떤 때에는 그것들이 더 큰 어려움을 막아주는 역할을 하는 것 같기도 하다. 고속도로에도 쉼터가 있고 군인들은 행군 중에 잠깐씩 휴식을 취한다. 길게 보면 그런 것들이 훨씬 유익하다.

일기예보는 내일 내륙지방에 더 많은 눈이 내린단다. 눈 속에 운전하는 일은 마음 졸이는 일이다. 오늘 아침 일이 첫째와 나에게 올 겨울 눈길 운전을 조심조심 잘 하라는 예방주사가 되었으면 좋겠다. 어쩌다 연 서랍에 동그랗게 포장된 청심환 서너 개가 얌전히 누워있다. 오늘 같은 일로는 그것들을 쓸 일이 다시는 없었으면 좋겠다.

# 내 태몽과
## 밤 栗

　　내 태몽은 밤[栗]이다. 단단하고 좋은 밤들이 많이 떨어져 있어서 하나씩 줍다가 깼다고 어머니는 자주 말씀하셨다. 말은 안 했지만 서운했다. 태몽을 어찌 마음대로 할 수 있을까마는 남들은 용꿈도 꾸고 별이 날아들기도 한다는데 밤 몇 개를 주워서 도대체 어찌하겠다는 건가. 말씀은 없으셔도 어머니도 갑갑하기는 마찬가지셨으리라. "밤톨"은 작다는 상징이다. 그래서 내가 체격도 작고, 하는 일도 미미한가. 위안이 되기는 밤톨의 이미지에서 작지만 단단하고 속이 꽉 찬 느낌을 받게 되는 것이다.

밤은 사과 배 대추 감 등과 함께 우리에게 아주 친숙한 과일이다. 그 말은 생산량이 많고 쉽게 대할 수 있다는 뜻이다. 밤나무는 우리 산천 어디서나 볼 수 있고 성장조건이 까다롭지 않아 웬만한 곳에서는 방치하듯 두어도 잘 자란다. 밤은 다른 과일에 비해 먹을 수 있기까지 손이 많이 가지만 그 맛으로 큰 사랑을 받는다. 달착지근하고 아삭한 생밤도 맛있고 팍팍한 삶은 밤도 별미지만 고소하고도 쫄깃한 군밤이 맛으론 으뜸이다.

군대(軍隊) 훈련을 할 때면 흔히 산속을 가는데 그때는 의식하지 않아도 밤나무의 존재를 알게 된다. 군인들은 연중무휴로 훈련을 하지만 그래도 기후여건상 야외훈련이 많은 시기가 육칠 월인데 묘하게도 그때가 밤꽃 피는 시기와 일치하고 그 비릿한 향기가 특정 물질의 냄새와 비슷해서 금방 알게 되고 군의 특성상 얘기가 확산되어 주변을 둘러보고 밤나무를 확인하게 된다. 밤꽃은 생김새도 기이하다. 긴 자벌레나 송충이처럼 생겼지만 밝은 노란색이어서 연초록 잎과 어울려 독특한 풍경을 만들어 낸다.

꽃이 지고 나타나는 밤송이는 신록의 가시로 뒤덮여 결연함과 싱그러움을 함께 보여주면서 겁쟁이들의 접근을 막는다. 가시 속 그 안에서 밤들이 살쪄가는 모습을 볼 수는 없지만 돌보는 이 없어도 대자연의 순리대로 정해진 과정을 묵묵히 따라가는 그들이 너무도 신기하다. 알이 굵어가고 밤송이가 커지고 따가운 햇살이 부드러워지면 굵어오는 밤알을 더 이상 감당할 수 없는 밤송이들이 고통으로 소리치며 입을 벌리고 그때쯤 밤송이들의 색도 늙음의 갈색으로 변한다.

부모님 산소 초입에 밤나무가 몇 그루 있다. 그 소유가 우리 것인지는 잘 모르지만 추석 어간이 되면 나무들은 밤알들을 쏟아낸다. 가문의 번성을 바람인지 명(命)함인지 그분들의 기대가 묻어 있기라도 하다는 듯 혼인날 폐백 때에 자손들의 번성과 출세의 기원을 담아 어른들이 던져주던 밤을 줍듯 몇 개씩 밤을 주워 온다. 그 밤 속에 부모님을 향한 그리움과 고마움, 죄스러움이 담겨 있지만 아이들은 무심히 추억을 늘이며 겉껍질 벗기고 내피(內皮)를 제거해 고소한 밤 맛만을 즐긴다.

밤은 참 재미있는 과일이다. 알맹이를 보호하려고 철저한 안전장치를 갖추고 있다. 무엇 때문에 스스로를 싸고, 싸고 또 싸야 할까. 하기는 그렇게 단단하게 지켜도 벌레가 침입하는데, 허술하다면 우리가 먹을 것은 하나도 없을지 모른다. 달리 보면 그렇게 애써도 지키기 어려우니 쉽지 않은 것이 먹고 먹히는 대자연의 세계다. 인간세계도 유사하지 않을까. 사건 사고나 청문회를 보고 있으면 지키려는 이들과 빼앗으려는 이들, 감추려는 이들과 들추어내려는 이들의 숨 막히는 싸움을 보는 것 같아 때로는 연민과 동정 그리고 서늘함과 생존의 어려움을 함께 본다.

밤과 같은 보호 본능이 내게도 있는 것을 자주 느낀다. 억세고 날카로운 가시를 치켜세우고 다가오는 이들의 득실을 따진다. 얼마간의 세월이 흐르고 서로에게 찌르고 찔리는 아픔을 겪으며 가시 벽을 통과해도 다시 딱딱하고 날카로운 겉껍질이 있다. 그 방어벽 뚫기가 쉽지 않다. 맨손으로는 거의 불가능하다는 것을 모두가 안다. 적어도 이빨이나 칼이라도 가져야 제거할 수 있다. 그래도 아직은 서로를 온전히 드러낼 단계가 아니다. 벗겨내지 않으면 떫은맛을 봐야만 하는 마지막 보늬가 남아 있다. 이 단계도 통과가 만만치 않다. 대충하면 서로가 상처입고 피해를 당한다. 조심스레 오랜 시간이 필요하다. 이 모든 과정을 거쳐서 도달하는 알맹이는 과연 무엇인가. 밤은 자신만의 맛과 향이 있는데 정작 나는 내세울 만한 것이 없다. 그냥 심심하고 밋밋하다. 그래도 그것이 내 맛과 향기인 걸 어쩌랴. 인상 찌푸리고 고개 돌려야 할 썩은 냄새 아니고 생명을 위협하는 독 없음이 다행이고 자극적인 맛과 향기로 쉽게 질리게 하거나 건강을 해치지 않음이 복이 아닌가.

밤을 줍는 태몽을 작은 일을 성실히 하라는 것으로 받아들이려 한다. 누구나 박수갈채를 받으며 사는 것은 아니다. 눈에 띄지 않는 곳에서도 내 할 일을 하면 족하다. 내 본연의 일들 글 쓰는 일 취미로 하는 일들을 알밤 하나씩 줍듯 느긋하게 꾸준히 지속하고 싶다. 남들은 알지 못해도 세월 흐르면서 내 앞에 꼭 필요하고 의미 있는 속이 꽉 찬 알밤들이 수북이 쌓여 간다면 얼마나 신나는 일인가.

# 어느 모임의 임원 선출

매월 한 번씩 모이는 모임이 있다. 그 모임이 벌써 7~8년이 되었다. 편한 이들끼리 모여서 운동하고 밥 먹고 이런저런 이야기 하다가 서로를 위하여 함께 기도하고 헤어지는 모임이다.

처음에는 책읽기를 자주 했는데 요즘은 잘 하지 않는다. 정해 주고 읽어오라고 해도 호응도가 낮으니 흐지부지 되었다.

청주 근처에 사는 같은 교단 목회자 부부모임인데 열너덧 부부가 회원이다. 시들한 이들도 있고, 때에 따라 사정이 있는 이들이 있어서 대개 여덟아홉 팀 정도 모이고 혼자 오기도 해서 인원으로는 열다섯 명 내외가 늘 모인다.

　연령대, 성격, 교회형편이 다양하다. 하나님의 일을 한다고 해도 조금씩은 다 다르다. 그래도 문제되는 것은 별로 없다. 위·아래를 따지지 않으니 자유롭고 반드시 해야 하는 일이 있는 공식적 모임이 아니라서 의견차이나 다툼이 생길 일도 별반 없다.

　그래도 일 년에 한 번 임원을 선출할 때는 모두가 긴장과 흥분이 되는 눈치다. 선출방법은 정해진 것이 없고 그때그때 회원들 다수가 원하는 방식으로 한다. 더러는 앞으로 이렇게 하자고 제안도 하고 결의도 하지만 세월이 지나면 다 잊어버리고 다시 다수가 원하는 방식으로 돌아간다. 추천해서 박수로 선출한 적도 있고 사다리도 타고 제비도 뽑고 가위 바위 보를 한 적도 있다. 내가 보기에는 가장 흥미 있는 방식이 가위 바위 보였다. 참여 목회자들이 조건 없이 모두 함께하는데 한두 번에 끝나지 않는다. 다 같이 점점 몰입이 되고 열기가 고조된다. 인원이 줄어들 때마다 압박감이 더해지다가 최종 승자가 결정되면 당사자는 난감한 표정을 짓고 패자는 안도의 한 숨을 내 쉰다. 그 재미있는 과정을 다시 한 번 거쳐서 총무까지를 뽑으면 행사가 끝이 난다. 사다리를 타기도 하고 제비를 뽑아보아도 그만한 열기가 만들어지지 않는다.

　그렇게 선출을 하면 누가 되어도 불만이 없다. 모두가 할 수 있는 역량이 있지만 하나님이 지정해 주는 이가 한 해를 섬긴다는 공통된 의식을 가지고 있다. 열기는 회장을 뽑을 때가 가장 뜨겁

지만 실제로 회장이 하는 일은 거의 없다. 알리는 일이나 모임의
계획과 진행을 대부분 총무가 알아서 한다. 상(喪)을 당하는 등의
큰일에만 회장의 할 일이 생긴다.

대개 11월에 그 일을 하는데 이번에도 최근에 거행(擧行)을
했다. 정상적인 모임을 갖고 순서가 끝이 났는데도 다들 일어나지
않다가 임원을 선출하는 달이라고 해서 시작이 되었다. 어떤 이가
사전에 공지되지 않았다고 하자 다른 이들이 우리가 언제 원칙대
로 해본 일이 있었냐고 즐겁게 받아쳤다. 그 자리에서 의견을 물
어 다수를 따라 제비를 뽑았다.

모두의 관심 속에 적극적인 회장과 최연소 총무가 선출되었
다. 그들은 옆에 것을 뽑을걸하고 후회를 했지만 다른 이들은 모
두 즐거웠고 당사자들도 열심히 하겠다는 인사를 했다.

어떤 모임이든 한 두 회원에 의해 성격이 바뀔 수 있다. 이 모
임도 이 화기애애한 분위기가 언제까지나 지속되기 원하지만 어
느 순간에 흐트러질지 모른다. 서로가 조심조심 유리그릇 다루듯
최소한의 예의와 상식을 존중하며 이해와 배려를 유지할 때 모두
가 즐거운 모임이 될 수 있다.

새로 선출된 임원들은 새해에는 분기별로 한 권씩이라도 책
을 읽자고 한다. 처음으로 돌아가자는 것이니 얼마나 좋은가. 초
심(初心)을 잃지 않으면 안전하다. 그래서 가끔씩은 개구리 올챙

잇적 생각을 해야 한다. 옛날이야기도 하고 지난 사진도 들여다보고 추억을 곱씹어 봄이 좋다.

새로 선출된 임원들이 한 해 동안 마음 다해 모임을 섬겨 주기를 기대하며 지난 한 해 수고한 이들에게 충분한 하늘의 보답이 있기를 빈다.

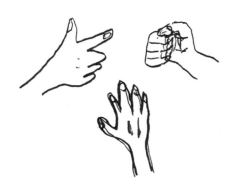

# 세상에
# 이런 일이

늦은 시각에 TV채널을 돌리다 우연히 눈에 들어온 것이 "세상에 이런 일이"라는 프로그램이었다. 가끔 어디선가 하는 재방송을 자주 보던 프로였는데 이번에는 본방송이었다. 아흔한 살 할아버지가 오토바이 면허에 도전해서 어렵게 합격하는 장면이 나왔다. '대단 하시네'라고 생각했는데 그 다음 방송에 더 큰 충격을 받았다. 이런저런 불평과 원망을 가지고 있던 이들에게 평범한 삶이 얼마나 감사한 것인가를 깊이 느끼게 하고 어려운 이들을 도와야겠다는 강한 동기를 부여하는 방송이었다.

주인공은 33세의 아가씨였다. 신경섬유종을 앓고 있다는 그녀의 병이 얼굴을 알아보기 어려울 만큼 악화되어 있었다. 커다란 혹이 나서 얼굴근육이 축 늘어지고 녹내장으로 잘 볼 수도 없다고 했다. 입도 잘 다물어지지 않고 불편하여 컴퓨터를 사용해 이야기를 주고받았다. 그녀의 부모님도 대단했다. 어머니는 온몸이 질병으로 두드러기처럼 일어나 있었지만 형편상 일을 그만둘 수가 없단다. 그 딸을 극진히 사랑하는 아버지의 마음을 화면으로도 느낄 수 있었다. 셋이 살면서 낮에는 부모님이 출근을 하고 그녀 홀로 집안에서 힘겹게 생활하고 있었다. 서른세 살에 키 130센티미터, 몸무게 30킬로그램. 팔과 다리가 너무 가늘다.

화면이 그녀의 머리를 비췄다. 툭 튀어나온 앞머리와 달리 뒤통수는 움푹 패여 있었다. 마치 고목의 밑동에 큰 구멍이 뚫린 것 같았다. 다행이 뇌에는 큰 지장이 없어서 인지기능은 정상인 것 같았다. 컴퓨터를 통한 대화 중에 그녀는 자신이 대학과정을 마쳤다고 했다. 가족들 모두가 대단한 집념과 의지의 소유자들이다. 그녀는 몇 년 전만해도 합창을 비롯해 사회활동을 의욕적으로 했단다.

조금이라도 고쳐보려고 진단도 받고 수술도 해보았지만 지혈이 되지 않아 포기했다고 한다. 다시 찾은 병원에서는 커다란 혹이라도 제거하는 것이 좋겠단다. 그녀는 화장도 해보고, 평범하게 살아보고 싶다고 한다. 제작진이 수술하고 싶지 않으냐고 물었더니 오랜 고민 끝에 하고 싶다고 답했다. 수술을 하려면 병원비가 적지 않을 터여서 부모는 엄두를 내지 못했다. 방송을 보는 내내 불편했다. 프로그램 끝에 많은 관심을 가지고 도와주기를 호소하면서 후원할 수 있는 인터넷 주소가 소개되었다.

눈시울을 붉히며 보던 맏딸이 주소대로 접속하여 안타까운 마음을 담아 적은 액수나마 후원을 하는 눈치였다. 딸은 방송사에서 목표액을 삼천만원으로 정했는데 삼백만원쯤 모아졌다고 알려주었다. 착한 마음들이 모여서 그분들이 외롭지 않다는 것을 느낄 수 있다면 얼마나 좋을까 생각했다.

잠들기 전에 딸에게 얼마나 모금이 되고 있는지 물었더니 천만 원이 넘었다고 한다. 사십일 정도 모금을 하는 모양인데 몇 시간이 지나지 않아 목표의 삼분의 일을 넘고 있다니 놀라웠다. 우리사회에 따뜻한 마음을 가진 이들이 많이 있다는 흐뭇한 마음으로 잠자리에 들 수 있었다.

출근을 위해 일찍 일어난 맏이에게 밤새 얼마나 모금이 되어졌느냐고 다시 물어보았다. 딸아이는 해당 홈페이지를 검색하더니 일억이 넘었다고 한다. 의심스러워 천만 얼마인 것 아니냐고 했더니 아홉 자리 수란다. 좋은 면으로 충격이다. 열두 시간도 되지 않아 목표를 세배이상 초과하다니 우리사회 모두에게 큰 힘과 소망을 선물하는 느낌이었다. 첨단문명과 방송의 위력에 사람들의 선한 마음이 모아져 이루는 기적이다.

나도 딸이 알려준 주소를 입력하여 자주 확인해 보았다. 온정이 밀물처럼 몰려들고 있었다. 오후가 되면서 2억을 넘고 3억을 넘어, 만 하루가 못되어 4억에 근접하면서 목표액의 열세 배를 넘어서고 있었다.

이상했다. 후원하는 이들의 선의(善意)는 이해가 되지만 목표를 이루었다고 하는데, 그것도 열 배 이상이 모아졌는데 왜 도움을 그치지 않는 것일까. 해당 방송사는 예상을 뛰어넘는 후원에 고마움을 표하면서 수술 후의 모습을 보여주는 후속 방송을 약속했다. 많은 이들이 오랜 기간 어려움을 겪은 그분들에게 넉넉한 사랑과 용기를 베풀어 주고 있다. 같은 시대에 한 공간에 살면서 알지 못하고 돕지 못한 것을 미안해하는 것은 아닌가 싶다. 찬바람 부는 들판에 그들 가족 세 사람만 맨 몸으로 서서, 버거운 현실과 맞서 싸우는 것이 아니라, 도와주려는 수많은 이들이 곁에 있다는 것을 행동으로 보여 주는 것이지 싶다. 나중에 알고 보니 모금은 두 군데서 진행되었고 10억 5천만 원을 넘기고 시작한지 사흘 반 만에 마감되었다.

칠흑같이 캄캄한 밤하늘에 보름달이 갑자기 솟아오른 모양새다. 아니다, 조금만 마음을 기울여 살피면 은빛 찬란한 둥근달이 그곳에 있었는데 스스로 친 장막 때문에 어둡다고 느꼈거나, 혹은 애써 어두운 곳들을 골라 보면서 우리 사회 전체가 캄캄하고 희망이 없다고 하는 염세적인 이들의 말에 오랫동안 속은 것이다.

우리는 긴 세월을 '홍익인간'을 마음 바탕에 깔고 살아온 착한 사람들이고 이번에도 그 가족을 통해 "세상에 이런 일이"있다는 것을 보여 준 것이다. 이러니 세상은 살만한 곳 아닌가.

# 외손녀들은
# 교양인이 되려나

　　청주 변두리에 사시는 어르신을 뵈었다. 방 하나에 주방 겸 응접실 합하여 열 평이 될까 말까한 집에 사신다. 어떤 이는 좁은 곳에 살아야 집중력이 흐트러지지 않는다고 했다. 그는 옛날의 학자들과 고승들의 예를 들면서 그들이 하나같이 좁은 공간에 간소한 도구만 가지고 살았다고 했다. 그 주방 겸 응접실 벽에 산뜻한 그림 한 점이 눈에 띄었다. 내가 한참을 보고 있으니 손자가 어린이 집에서 그린 것인데 선물로 받았다고 하신다.

　　최근에 미술에 관한 책 한 권을 읽었다. 인상파와 후기인상파의 화가와 그림들을 설명해 준 것 같은데 그 책에서 본 그림을 그분의 손자가 모사한 것 같았다. "양산을 쓴 여인"이었다. 클로드 모네가 1886년에 그렸다는 바람 부는 풀밭에 흰 옷을 입고 양산을 받고 있는 한 여인이 흰 구름 떠있는 푸른 하늘을 배경으로 서 있는 그림이다. 어떻게 모사를 했는지 분위기가 비슷하다. 맹탕이나 다름없는 미술 분야에 모처럼 읽은 책 한 권의 채 사라지지 않은 얄팍한 지식이 실낱만큼 있으니 얼마나 신나는 일인가. 모처럼 책을 읽은 보람을 느꼈다. 서너 마디 하니 바닥이 났지만 즐겁다. 미술을 좋아하고 관심이 많은 아내가 이런저런 말들을 덧붙인다. 갑자기 교양인이 된 듯하다.

초등학생도 아닌 어린 아이가 그린 모사품이지만 "명화"를 건 가정의 분위기를 생각한다. 내가 자라난 집에는 명화 한 점 없었다. 내가 독립을 할 때까지 집안에서 클래식 음악을 들어본 적도 없었다. 학교를 제외하고는 집뿐만 아니라 그 어떤 곳에서도 스피노자나 마르크스 모차르트 톨스토이나 단테에 대해 들어본 적이 없었다. 하루하루 힘겹게 살아내느라 일차원적인 대화 밖으로 넘어가지 못했다. 어린 시절을 보낸, 가난이 혹독했던 생활만 그러했던 것은 아니었다. 내가 가장이 되어 꾸려온 가정에서도 차이는 없어서 한 점의 명화도 걸린 적 없고 고전 음악 한 곡 흐른 적이 없었다.

교양인은 어떤 사람들일까. 교양이 있는 사람이란다. 교양은 문화에 관한 광범한 지식을 쌓아 길러지는 마음의 윤택함이란다. 문화를 찾아보니 머리가 더 아프다. 그 분야가 학문 예술 종교 도

양산을 쓴 여인(오르세 미술관)

덕 등의 영역이란다. 한마디로 아무나 교양인이 될 수 있는 것이 아니고 쉽지도 않다는 거다. 나름대로 전문적인 지식을 갖춘 것이 한 분야쯤 있어야 하고 음악 미술 영화도 알고 스포츠도 한두 가지 하고 철학과 문학 역사에도 조예가 필요하다. 외국어 한두 개는 할 수 있어야 하고, 종교에 대한 나름의 식견과 도덕적으로 흠이 없는 사람이어야 한다는 말인 것 같다.

그렇게 어려우니 어떤 사람들은 최근에 다녀온 외국여행 골프이야기를 하면서 명품이라는 것들을 슬그머니 보여준다. 또 다른 이들은 비싼 그림들을 사 놓고 수석을 모으고 난을 기른다. 다른 이들은 수시로 교외로 나가 외식을 하고 백화점에 들러 쇼핑을 한다. 그런 일들이 맞지 않는 이들은 스포츠동호회를 찾아 열심히 운동을 하거나 산악회에 들어 등산을 하고 인기 있다는 TV프로그램에 몰입을 한다.

우리 모두가 알듯이 그런 것들로 교양인이 될 수는 없다. 적어도 교양인은 생존을 위한 의식주 이상의 여유로운 정신적 자양분이 필요하다. 그런데 그것은 단기간에 갖추어지지 않는다. 자신을 비롯한 사회와 국가의, 과거에 기초한 현재의 분석과 미래의 예측에서 요구되는 현재의 삶의 모습 정도는 내놓을 수 있어야 한다.

자신의 뿌리에 대한 지식도 있어야 할 텐데, 내 집은 종가집이 아니어서 족보를 볼 기회가 적었다. 결혼 전 언젠가 다락에 족보가 있었는데 한자가 너무 많아서 제대로 해독할 수 없었다. "경주 최씨 ○○ 파 38대손"인 것 같았는데 무슨 파 인줄을 모르겠다.

그러니 딸들에게 어떻게 알려줄 수 있을까. 집안의 대화에서도 예술 철학 문학에 대한 논의나 토론이 행해진 적이 한 번도 없었다.

내 이전에 우리 가문이 얼마나 빛났는가를 알고 싶었는데, 최근에 어렴풋이 감을 잡았다. 조선시대 말, 불어 닥친 민족의 위기에서부터 동학란과 일제시대, 독립군과 공산사상, 한국동란 4·19와 5·16, 유신독재와 민주화투쟁에 이르는 거친 흐름 속에서 각 분야에서 눈에 띄는 이들은 어떤 식으로든 어려움을 겪을 수밖에 없었고, 그것은 은밀하게라도 가문에 전해지게 마련인데 별다른 이야기를 들은 적이 없으니 그것이 무엇을 의미하는가. 그다지 내세울 것이 없는 가문이라는 게다.

내 자녀 대까지는 교양인답게 자라나지 못했다. 그래도 그 꿈을 포기할 수는 없으니 마음이 내키지 않더라도 조금씩 집안 분위기를 향상시켜 보아야겠다. 명화의 모사품이나마 어디 으슥한 곳에라도 걸어보고 어설퍼도 역사와 철학에 관한 책을 읽어보고 발음이 잘 안되더라도 같이 대화해 보아야지. 생각하니 내 나라와 동양에 관한 것들도 아는 것이 별반 없다. 생각할수록 너무 어렵다. 일전에 찾아뵌 그분들이 부럽다. 세대를 건너 외손녀들이나 교양인이 되는 것을 기대해야 할까보다.

# 2. 변두리 상상 :

순간 높이 오르다

정일품 품계석에서

슬픈 하현달

고등어 뼈에 대한 상상

그때 그곳 그 사람

오(奧)에 대한 공상(空想)

거미의 다짐

의연(毅然)히 죽어 땅에 묻히다

# 순간 높이
# 오르다

한치 앞을 알기 어렵다고 하더니 내가 높아졌다. 개구리 올챙 잇적 생각 못한다는 말이 이제 조금은 이해가 된다. 그러니 남의 말 함부로 할 것이 못된다. 올라가는 것이 어려울 뿐 아니라 한번 올라가면 내려오기 싫고 내려오고 나면 아예 오르지 않은 것만 못한 것 같다. 옛 사람들에 대해 스스로 가지고 있던 열등의식이 한 부분이지만 순간적으로 해소되는 우쭐함을 누려 보았다.

올라가는 것에 대해 몸과 마음에 약간의 저항이 있다. 늘 낮음에 만족하고 겸손한 듯 살아온 것이 심신에 영향이 있었나 보다. 논과 밭, 주택과 길들이 작아 보인다. 대단해 보이던 것들이 하찮게 여겨진다. 사람들 살아가는 세상이 아래로 보일뿐 아니라 사람들 자체를 하시(下視)하게 된다. 어느 순간에 내 사고방식에 헛된 바람이 든 듯하다. 그렇지만 솔직한 심정으로 사람들과 세상사가 다 시들하게 여겨지는 걸 어쩌란 말인가.

그 대단해 보였던 조선시대 학자들도, 중국의 내노라 하던 이들도 오르지 못한 경지에 내가 올랐다 생각하니 행복하고 흐뭇할 뿐이다. 선인들이 부귀와 권세 누리는 것을 뜬 구름 잡는 일이라고 했지만 나는 지금 뜬 구름 위에 있다. 구름들이 목화솜을 펴놓은 듯하고, 함박눈 내린 세상에 찬란한 햇살이 쏟아지는 형상이다. 아등바등 살아가면서, 평화로운 듯 졸고 있는 세상이 아래로 보일뿐 아니라 또 다른 세상이 펼쳐진 듯, 강과 산과 마을이 온통 흰색을 띈 선경(仙境)으로 눈앞에 보인다.

20세기 이전의 누구도 내가 누리는 이 위치에 서본 이가 없으리라. 땅에 발을 딛고 서는 것은 그것이 태산(泰山)이 아니라 에베레스트라 해도 이차원의 세계를 벗어났다고 할 수가 없다. 아무리 임금이 가마를 탄다고 해도 가마꾼들은 그 발이 땅에서 높이 뜨지 못한다. 그들이 벌레처럼 땅에 붙어 사는 형상이라 한다면 나는 백로나 나비처럼 차원이 다른 삶을 누리는 것이다. 눈앞에서 흰 구름이 두둥실 내편으로 다가온다. 태양이 손 뻗으면 닿을 듯 착각을 일으키는 거리에 구름에 가려진채 형체를 드러내고 있다.

이런 자리에 있으니 지나간 일들이 잘 생각나지 않고 앞으로의 일들도 크게 걱정되지 않는다. 지금의 황홀함과 즐거움을 계속 누리고 싶을 뿐이다. 이것이 꿈이 아니라는 것을 알려주고자 함인지 높은 곳에도 약간의 흔들림이 있고 가끔 시끄러운 소리도 들린다. 사람들이 사는 곳 어딘들 온전한 곳이 있으랴. 이만하면 신선들이 사는 무릉도원이나 선녀와 나무꾼이 살던 깊은 산골 같기만 하다. 눈길 가는 곳에 또 푸른 하늘이 있으니 하늘위에 하늘이 있는 셈이다.

푸른 하늘이 점차로 멀어져가고 솜사탕 같은 구름세상도 흐릿해지고 복닥거리는 세상이 차차로 크게 다가오고 있다. 내 높은 시절이 길게 가리라고는 애초부터 기대하지 않았지만 다시 낮아짐이 기다려지면서도 서운하다. 근본인 땅을 떠나 얼마나 버틸까. 그 어려운 과정을 겪고 높이 솟아올라 천년만년 머물 것 같던 이들이 얼마 못가 불명예스럽게 추락하는 광경을 자주 보다보니 높이 오른 위치가 불안했다. 논밭이 온전해 보이고 집들이 다시 크게 보인다. 세상은 커지고 나는 작아지고 있다. 높이 있는 이들은 내려오는 것을 염려하라 하더니 낮아지기도 어려운 일인가 보다.

땅에 발 디디는 것이 쉽지가 않다. 한때나마 자신을 떠난 것을 원망하는 듯 조심스레 디디려하는 발에게 투정을 부리듯 땅의 불평하는 소리가 짧은 순간 들려온다. 그것도 잠시일 뿐, 발은 땅을 그리워하고 땅은 발이 없으면 허전하다. 발의 쿵쿵거림에 깨어나고 그 소리가 멎으면 잠드는 것이 땅의 삶이다. 땅에 발을 디디니 편안함이 온몸에 퍼지고 지기(地氣)가 스며들어 허한 곳을 채우고 휘둘리던 몸을 바로잡는다.

낮은 곳을 따라 수평으로
지렁이처럼 이동을 한다.
눈을 들어 하늘을 보니 내
아래 있었던 구름이 저 멀리 높이
떠간다. 솜사탕, 거대한 목화밭, 밝은 햇빛 비치는 함박눈 내린 들
판 같던 또 다른 세상이 꿈결인 듯하다.

낮은 곳이 좋다. 물처럼 낮은 곳을 흐르면 위험이 없다. 물이
넘어지는 일이 있던가. 때로는 자연의 섭리에 거슬러 한 곳에 많
은 양을 모아놓았다 일시에 쏟아낸다 해도 불평하지 않고, 높은
곳으로 끌어올려도 거부하지 않는다. 허나 그것이 대세거나 일상
일 수는 없다. 물이 낮은 곳으로 쉼 없이 흐르며 만물을 이롭게 하
고 생명을 움트게 하듯이 나도 낮은 곳에 발 디디고 고요히 살리
라. 소리치거나 애타하지 않고 깊고 우묵한 곳 있으면 그득 채우
고, 넓은 내 만나면 어깨동무하고 가리라. 천천히 수런수런 이야
기 나누며 높은 곳에 눈 돌리지 않고 낮은 곳으로 쉬지 않고 흐르
리라. 순간 높이 오르면 속히 다시 내려와 낮게 더 낮게 흐르고 흐
르리라.

# 정일품
# 품계석에서

어진 정치를 펴는 집 앞, 박석 깔린 넓은 공간에 되똑하게 좌우로 세워놓은 경계석들, 저 자리에 서기 위해 수많은 이들이 온 힘을 기울여 밤을 낮 삼아 고생했어도 극히 제한된 이들만 서 보았던 곳 품계석. 그중에서도 모든 이들의 꿈이요 희망이었던 정일품의 자리. 어스름에 찾아가 서본 그 자리는 아무 특별한 것이 없었지만 200년 전으로만 거슬러 오르면 더없이 대단한 곳이요 많은 이야기를 간직한 자리였을 것이다. 그 자리도 어둠속에 서서히 묻히고 궁궐을 돌보는 이는 이제 나가달라고 요청을 한다.

구경도 선택된 이들만 할 수 있었던 곳, 이(李)씨가 아닌 이들이 올라갈 수 있는 가장 높은 곳. 국가의 중요행사가 있을 때 나라의 최고 관료로서 자신의 위치를 확인할 수 있던 자리다.

양반 중에도 이름난 가문이 아니면 감히 꿈꾸기 어려웠던 자리, 수많은 눈들이 주시하던 선망의 자리였다. 사위가 어두워지고, 관복 입은 이들이 시립한 환영(幻影)이 어린다. 그 자리에 대신들이 도열해 서서 임금을 기다리며 몇 마디 안부를 나누고 긴장을 풀려 하는지도 모른다. 허나 왕조의 지난날을 돌아보면 누구를 믿고 편안한 한마디를 서로 나누었을까. 평소엔 십년지기 같아도 이해가 엇갈리는 일에는 얼음처럼 차고 원수처럼 돌아섰을 그들이 아닌가.

양반집 도령으로 태어나 자신의 의지와 무관하게 떠밀려지는 경쟁의 세계, 호불호(好不好)와 무관하게 안겨지는 책들과 과제들. 즐거움으로 시작한 공부가 해가 지나며 차차 부담스레 다가오고 자신의 길이 아니라고 포기하는 이들도 늘어갔을 게다. 자신의 선언과 주변의 체념이 이어지면 그 굴레에서 벗어나는 시원함을 누리고 다른 길을 찾아갈 수 있었으리라.

가문의 기대는 커져만 가고 모처럼 얻은 기회에 자신보다 나이 어린 이들이 급제하는 장면을 보아야만 하는 선비와 그 주위사람들의 아쉬움은 어떠했을까. 그만두자니 지난간 세월들이 너무 아까워 한번만 더 하자고 한 것이 사십을 넘고 오십이 지나면 자신이 너무도 하찮고 왜소하게 느껴졌을 게다. 그래도 글줄이나 읽은 게 있어, 세도정치 삼정문란, 밀려오는 외세에 비분강개(悲憤

품계석에 선 나와 막내

慷慨)하고 잠 못 이루며 혼자 해결책을 짜내려 애쓰기도 했으리라. 꿈에라도 과장(科場)에 앉아 내걸린 시제(詩題)에 쾌재 부르며 일필휘지 써내려가 제일 먼저 제출하고 방 붙기 기다려 급제를 확인하고는 만세를 불렀을지도 모른다. 긴 꿈이라면 벼슬길이 척척 열려 영의정까지 올라 그곳 정일품 품계석에 서 볼 수도 있었을 게다.

이십대에 급제하여 탄탄대로 벼슬길을 달려도, 동료들과 반대파의 공격에 한두 번 휘말리지 않기는 어려웠을 게다. 임금의 총애가 두터워 파직과 복직을 거듭하며 긴 세월을 그 자리에 머물렀어도 온 백성이 힘을 모아도 해결 못할 커다란 어려움도 더러 닥쳤으리라. 홍수 가뭄이 그러하고 강대국과의 외교가 쉽지 않고, 임진란 병자호란 같은 전쟁을 감당하기도 만만치 않았을 게다.

수많은 주자의 분신들이 날마다 일어나고 해마다 등장하여 소수의 자리를 놓고 서로 못 차지해 안달이었으니 어찌 하룬들 편안했을까. 동료들은 순식간에 적으로 변해, 정일품 끌어내리고 자기편 심기에 눈이 벌겋고, 임금은 임면권 가지고 자신을 추종하는 이 앉혀 균형을 잡으려 하니 언제라고 마음 놓을 수 있었을까. 몸사려 국정을 조금만 소홀히 해도 이곳저곳에서 험한 일 솟구쳐 오르고, 검은 심보 가진 관리들 서민들 쥐어짜, 도처에서 도둑들 일어나고 농민들 못 살겠다 난리치니 쉬운 일 없었으리라. 어전회의 끊이지 않고 명분은 그럴듯해도 한 꺼풀 벗기면 이해득실이 똬리 틀고, 하나같이 한 걸음도 물러나지 않을 때, 임금의 총애와 자신을 편드는 이들만 믿고 새카만 후배가 위계도 장유유서도 없이 덤벼들 때, 고향 경치 좋은 곳에 정자 하나 짓고 철따라 피는 꽃과 찾아오는 새들을 벗하며 영민한 아이들 너 댓 가르치며 살 수 있게, 적절한 때에 물러나지 못한 것을 한하며, 이제는 자신의 몸 상하는 것 뿐 만아니라 자식들 앞날을 가로막을지 모른다는 것이 두렵고 이런 욕됨을 당하는 것이 수치스러워, 서둘러 훌훌 털고 고향으로 향하고 싶었으리라.

땅거미 내릴 즈음 경건한 마음으로 인정전 앞 품계석 정일품 앞에 서 보았으리라. 몇 번이나 이 자리에 더 있을 수 있을까. 아무도 마음 써 주지 않는 걸. 조용히 그 자리 물러나 궁을 나서면 어둠은 인정전 안뜰에 가득히 내리고 그날도 품계석은 더 이상 보이지 않았을 게다.


정일품에 올랐던 수많은 이들 중 후세 사람들이 기억하는 건 몇 사람 뿐. 한때 양반가의 모든 아들들이 꿈꾸었던 자리, 위험하고 결코 만만치 않은 그곳. 오늘날도 명칭만 달라진 채 뭇 사람이 선망하는 그 자리, 해가 지면 어둠속에 묻히고 세월 지나면 기억하는 이 극히 적듯이, 지극히 허망한 곳인지 모른다. 어쩌면 수많은 사람이 노리는 흉하고 흉한 자리일 게다.

내가 정말 서고 싶은 자리는 다른 이들이 가지 않는 곳, 나만이 갈 수 있고 내가 마땅히 서 있어야 하는 바로 그곳 그 자리. 그곳엔 아마도 품계석이 없을 게다.

# 슬픈
# 하현달

　　동네를 천천히 돌아 집으로 오는 길에 그믐을 향해 가고 있는 슬픈 듯한 달을 보았다. 달은 지구의 탄생과 큰 차이 없이 수십 억 년 전에 우리별의 유일한 위성으로 태어나 운명을 함께 하며 동반자로 살아왔다. 수백 만 년 전 이 땅에 모습을 드러낸 사람들이 커다란 관심을 가지고 친해져, 한 달 간격으로 혼자 놀기에 빠져 있던 달에게 많은 친구들이 생겨났다. 긴 세월동안 사람들은 고민을 털어놓고 소원을 빌며 외로움을 달래고 시절을 가늠하며 달과 함께 살아왔다.

우리민족에게 달은 특별하다. 친구일 뿐 아니라 수호자요 한밤의 등불로 우리의 삶에서 빼놓을 수 없는 중요한 부분이었다. 둥글게 가득 부푼 달의 날을 명절로 삼아 정월 대보름과 팔월 한가위를 지냈다. 달 때문에 명절이 되고 그날의 주인공은 달이었다.

윤선도의 《오우가》에는 달을 밤중에 찾아주는 참 친구로 여기던 모습이 있고 《정읍사》의 한 여인은 달에게 높이 돋아 멀리 비추어 낭군이 어려움에 빠지지 않도록 해달라고 기원을 한다. 달의 정기를 마시며 잉태를 빌고 떠오르는 보름달에 소원성취를 부탁하기도 했다. 신윤복의 〈월하정인〉 속에는 달빛 내리는 밤에 은밀한 만남을 즐기는 한 쌍의 연인이 그려져 있다.

시절을 구분하고 농사일의 기준이 되는 문서를 "달력"이라고 이름 지었으니 곧 '달의 자취'라는 것이며, 지구에 리듬을 주는 밀물과 썰물도 지구와 달의 인력에 의해 생겨난다.

달의 힘은 문자에도 나타나 오랜 역사를 가진 한자에 '달 월(月)'이라는 부수를 이루고 수많은 글자를 만들어 그 친숙함을 수천 년의 시간을 관통하며 보여준다.


달을 향한 인간의 관심이 가장 높았던 때는 1969년 7월 우주선 아폴로11호를 타고 나흘 길을 날아 달 표면 '고요의 바다'에 착륙했을 때였다. 닐 암스트롱을 포함해 지구의 세 친구가 자신을 방문해 주었을 때 자신을 향한 인간들의 관심과 사랑이 얼마나 대단한가에 크게 감동했을 것이다. 그 후로도 몇 차례 인간들의 달 방문은 이어졌었다. 달과 우리가 격렬히 사랑했던 밀월의 시기였었다.

하지만 달과의 이러한 관계는 최근 오십여 년, 아니면 그에도 못 미치는 짧은 기간에 알게 모르게 약해져, 이제는 현격한 무관심으로 나타나고 있다. 한 동화작가는 사람이 악해져가는 것이 자연으로부터 멀어진 것과 연관이 있다고 했다. 우리가 달과 소원해진 것도 그런 것은 아닐까. 나는 현대인들이 달을 바라보지 않게 된 것이 환경과 밀접한 관계가 있다고 확신한다. 삶의 일터였던 논과 밭을 떠나고 주거지가 도시화되면서 자동차가 주요 이동수단이 되었다. 예전에는 홀로 혹은 몇몇이 들길이나 마을길을 걸을 때에 달이 사물들의 그림자를 만들고, 어둔 곳을 비추니 그를 의식하지 않을 수 없었다. 허나 이제는 출발에서 도착까지 차안에 자리하고, 게다가 속도까지 더하여지니 달을 생각할 여지가 없다. 눈을 들어 하늘을 보아도 달은 고층건물에 가려지고 찬란한 불빛이 달로 향하는 우리의 시야를 차단한다.

오늘날의 인간과 달의 관계가 막역했던 오랜 친구들이 발길을 끊고 안부조차 없이 한동안의 세월을 지내는 격이니 달도 편치가 않으리라. 물론 그 잘못은 달에게가 아니라 철저히 우리에게 있다. 인간들의 필요에 의해 그에게 다가가 얼마나 긴 세월을 친밀하게 함께 지내왔던가. 우리의 관심에서 밀려난 달은 그래도 날마다 이 땅을 찾아와 여전한 모습으로 주변을 비추고 우리를 내려다보며 예전의 시절을 그리워하는 듯하다. 탄생 이후로 아무도 찾아주지 않은 자신을, 그 먼 거리를 마다하지 않고 찾아준 지구의 인간들을 어찌 잊을 수 있으랴. 달은 두고두고 인간들의 사랑을 잊지 못할게다.

친구들을 그리워하며 쓸쓸한 명절을 보낸 하현달이 서운한 듯, 슬픈 듯 표정을 짓고, 아무 생각 없는 작은 조각구름 하나가 이제는 잊으라는 듯, 예전처럼 서로 관계가 좋아질 날이 있을 것이라는 듯 슬며시 달을 가렸다 멋쩍은 듯 다시 내 놓는다.

활짝 개인 가을밤에 별들이 총총하고 둥근 달이 밝게 빛나는 맑은 하늘을 보고 싶다. 한순간 이 땅의 많은 이들이 모처럼 고개를 젖히고 그윽한 눈으로 달을 바라보는 환상에 잠긴다.

깊어가는 가을밤의 바깥 공기가, 슬픔으로 핏기 없는 하현달의 얼굴만큼이나 차디차다.

# 고등어 뼈에
# 대한 상상

고등어 뼈 하나, 식탁 위 접시에 앙상하게 놓여 있네. 날렵한 몸에 지대한 역할을 했겠지만 이제는 쓰레기 되어 마지막 처리를 기다릴 뿐. 거센 파도를 헤치며 자유를 누리던 명석한 머리는 어디에 두고, 처참한 몰골로 좁은 접시 위에 조용히 누워있는가. 바다가 없는 곳, 식탁 위 접시에서 최후를 맞이할 줄 전혀 예상하지 못했으리.

한 때, 등뼈가 커가고 굵어지는 게, 힘을 상징하고 활동범위를 말해주었으리라. 온몸을 지탱하는 근본 뼈대로 주위의 평가기준이기도 했었지. 그걸 만들려고 얼마나 많은 생명들을 먹었을까. 뼈를 키우는 게 제일 중요한 일로 삶의 목표였던 때도 있었을 테지. 뼈가 자라고 몸의 여러 기관과 기능들이 좋아지면서 미래의 꿈에 부풀고 솟구치는 힘을 감당하기 어려워 푸르고 거친 바다를 무턱대고 헤엄쳐 다니기도 했을 게다.

그러던 어느 날 겪었을 시련, 산다는 게 만만치 않다는 걸 직감했으리라. 치열한 생존경쟁의 현장에서 뜻밖에 부딪혔을 위기의 순간. 세상이 자기만을 위한 게 아니며, 세상이 자신을 중심으로 돌아가는 것도 아니라는 걸 알게 되었으리라.

예상하지 못했던 운명의 날, 물살에 몸을 맡기고 여유를 즐기던 한 때, 물이 줄어들고 움직임이 힘겨워지며 많은 동료들과 함께 물 밖으로 끌려나오는 아찔함을 느꼈겠지. 처음 겪는 혼란 속에, 바다 아닌 선박 속 좁은 곳에서 어디론가 실려 가고, 삶은 그들의 의지와 무관하게 흘러갔으리라. 자유로운 바다 속이 아니어서 조금 움직여도 여기저기 부딪히고 불편함은 커져만 갔다. 알 수 없는 곳에서 멈추고, 또 다른 곳으로 향하는 피곤한 여정, 아무도 기억해 주지 않는 순간, 어느 곳에선가 삶을 마감했을지 모른다. 바다 속을 헤엄친 거리보다 바다 밖에서 실려 간 거리가 더 멀 수도 있다. 죽어서 타인에게 끌려 다니는 의식 없는 여행이 지속되고, 몇 푼의 돈과 맞바꾸어져 아내의 손에 쥐어졌을 게다. 그대 기억하지 못하겠지만 나는 추측할 수 있네. 그 마지막 순간에 어떤 끔찍한 일을 당했을 지를. 아마 생선가게 아줌마는 별생각 없이 무겁고 날카로운 칼을 내리쳐, 중요했던 머리를 몸에서 분리해 양동이에 던졌으리라. 아내는 몸통뿐인 그대를 가져와 땅에서 거둔 것들과 섞어 불로 부드럽게 하여 가족 식탁에 올려놓았을 게다.

가족들은 부드러운 살을 뜯고 찢으며 이런저런 이야기를 나누고 깔깔대며 식사를 즐겼을 테고. 삶을 위한 에너지를 그대에게서 얻고도 그 어떤 배려나 돌봄이 없었음이 미안하네. 접시위에 남겨진 척추 뼈, 지난날 바다소리와 흔적을 그 어디에서 찾을 수 있을까. 거칠지만 자유로웠던 그 바다 속, 세차고 발랄했던 모습 그려보네. 생명과 자유를 빼앗기고 의지마저 잃은 채, 접시위에 덩그러니 놓인 그대여, 뼈라도 다시 푸른 바다로 돌아가고 싶겠지. 한 조각만이라도 바다로 보내달라고 절규하고 싶은 심정이리라. 허나 이미 죽은 몸. 어느 것 하나 이 세상에서 ( - 바다나 뭍이나 - ) 쉽게 원하는 대로 되어지는 일 있던가. 하필이면 바다가 없는 이곳이어서 근원으로 돌아가는 섭리마저 어렵게 되었네.

자랑스럽던 등뼈. 이제 쓰레기 신세 면키 어렵네. 더 나은 사용처 있을지 모르나, 언제까지 둘 수 없으니 선택하게. 쓰레기로 처리되기 원하는가, 땅속에 묻혀 미생물들 밥이 되었다 꽃으로 다시 피겠는가. 내가 또 실수를 했군. 스스로 선택할 모든 능력 오래 전에 상실했다는 걸 잊었네. 내 그대 처지 되어 무엇을 원할지 헤아려 보니 그래도 쓰레기 취급당하기보다 미생물들의 만찬이 되었다가 풀꽃으로 다시 피어나기 원함을 알았네.

그리하세. 소중한 척추 뼈, 푸른 바다의 추억과 함께 꽃밭에 묻겠네. 한 열흘 지나면, 바다가 아닌 뭍에서 시원한 바람과 싱그러운 봄기운 느끼며 꽃잎으로 다시 피어날 걸세. 답답해도 조금만 참게나. 겪어보지 못한 어둡고 후덥지근한 땅속 삶을 견뎌야 하네. 잠깐일세. 다 자네를 위한 일, 영광을 위한 고통이니 참아내게. 얼마 지나지 않아 햇볕 따스한 꽃밭에서 찬란하고 황홀한 모습으로 우리 다시 만날 수 있을 걸세. 그럼 잠깐 헤어졌다 다시 반가이 만나세.

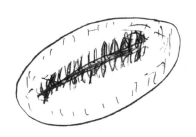

# 그때 그곳
# 그 사람

  이 땅의 오래고 긴 삶 가운데 큰 의미를 갖는 것은 언제일까. 그 순간 그 현장에 있다면 어떤 느낌을 받을까. 어쩌면 그 주인공들은 의미를 제대로 알지 못하고 덤덤하게 넘어갔을 지도 모른다. 정말로 그 순간이 존재했었는지도 확실하지 않은 노자가 함곡관(函谷關)을 지나 사라지려는 그 순간이 인류문명사에 한 획을 긋는 현장처럼 느껴지는 것은 왜일까. 나의 이런 느낌에 동의하지 않는 이들도 많으리라. 사마천은 사기에 이 장면을 기록해 놓고 있다. 그 현장이, 그 장면이 보고 싶다. 누군가는 자주 되풀이되는 장면이라고 귀띔해 줄지도 모른다. 그래도 의도적으로 그 현장으로 가보자.

나이를 어림할 수 없는 조금 남은 백발과 붉은 얼굴의 노인이
한 사람만 막아도 만 사람이 지나갈 수 없다는 험준한 함곡관을
소를 타고 지나고, 그곳의 관리는 아쉬운 눈길을 거두지 못한채
노인의 뒷모습을 배웅하고 있다. 내륙으로 들어가는 이는 영원한
노인, 지혜의 사람 노자(老子)고, 그를 배웅하는 이는 그곳의 관령
(關令)인 윤희(尹喜)라는 이다.

수일 전 윤희는 자신이 지키고 있는 산관(散關)이라고도 부
르는 함곡관문을 지나려는 분이 이 땅의 지혜의 사람, 혼란스런
세속을 떠나 선계로 가려는 노자임을 한눈에 알아보고 자신에게
무슨 말씀이든 남겨줄 것을 간곡히 청한다. 노인은 윤희의 청을
뿌리치지 못하고 그곳 관사에 며칠 머물며 마음에 품던 것들을 오
천 자 정도 기록해 전해준 것이 도덕경(道德經)이다. 이천오백여
년의 세월이 흘렀어도 누구라서 그 경전을 온전히 깨우쳤다 할 수
있으랴. 하물며 삶으로 그 말씀을 그대로 따랐다고는 아무도 말
할 수 없으리라. 지식과 문명, 과학기술이 눈부시게 발달한 오늘,
온갖 제책(製冊) 능력과 지식정보의 과잉시대에도 감당하기 벅찬
것들을 모든 것이 열악했던 그때에 어떻게 며칠 만에 써내려 갈
수 있었을까.

도덕경을 써내려가는 노자의 모습을 상상력을 발휘해 가까
이서 지켜보는 것도 의미가 있으리라. 그는 윤희가 차려주는 소박
한 밥상을 받아 즐거운 마음으로 비우고 말술[斗酒]을 가져다 놓

으라고 시켰을 게다. 밥이야 먹어도 되고 안 먹어도 그만이지만 술이 들어가지 않으면 흥이 나지 않았으리라. 웃옷 훌렁 벗어 던지고 먹 듬뿍 갈아 놓고 중얼중얼 읊기도 하고 때때로 이런 것을 써 놓은들 누가 이해나 할까, 일삼아 읽어보기나 하려나, 마음속에 누군가 제 글을 읽어주기 바라는 것이 자신의 철학에 맞는가를 생각하며 쓸데없는 일 하고 있다고 여기기도 했을 것이다. 평소에 마음에 품고 삶으로 살던 것을 풀어내는 것이니 앞뒤를 따지고 고치는 일도 별반 없이 흥얼거리며 놀이하듯 적었으리라.

팔이 아프면 술 한 잔 마시고 사람이 무언가를 배울수록 자연과 본성에서 멀어진다고 한탄하며, 뭔가를 안다고 하는 이들에게 질타하던 일을 자신이 하고 있음을 자책도 했으리라. 뭔가를 끝없이 배우고 주장하고 가르치는 이들을 얼마나 안타까워했던가. 스스로도 지키기 어려운 것들을 겨우 깨우치고 체계화해 다른 이들에게 가르쳐 평생의 짐을 지우는 것을 못마땅해 했다. 배워서야 할 수 있는 것이 어찌 본성이랴. 본성이 아니라면 평생을 어찌 행할까. 하늘과 땅을 채우는 자연은 본성을 지켜 전혀 무리 없이 수수만년을 아무 탈 없이 흘러내리고 있는 것을. 그러니 무위(無爲)고 자연(自然)이며 아무 것도 하지 않고도 하지 않는 일 하나 없이 모든 일을 하고 있는 것 아닌가.

무위자연의 좋은 본보기가 물이니 물처럼만 산다면 더 바랄 것이 무언가. 낮은 곳으로 흐르고 막히면 쉬어가고 더러운 것 품고 가면, 다투고 시기할 게 무언가. 높은 곳을 차지하려 다투기만 할뿐 정말로 굳세고 힘 있는 것은 낮은 곳의 부드럽고 약한 것들임을 모른다. 모두가 유용해지려 골몰하나 진정한 쓸모는 무용에 있음을 알지 못한다. 가르쳐주어 배울 수 있는 것이 아니니 적실(適實)한 때에 선문답처럼 지나가듯 던져놓아 귀 열린 이들을 깨우쳐 주었다. 길게 써놓음이 번폐스러운 일 하나 더함인 줄 모르지 않으나 함곡관의 관령처럼 마음에 원(願)이라도 있거나 혹시 그 후손 중에 삶을 답답히 여기는 이 더러 있다면 한두 마디 도움이나 위안이라도 될 수 있을까 하는 마음에 간곡한 청을 물리치지 못하고 몇 자 적어 전할 뿐이다.

아마도 노자는 점심때 설핏 지나 써내려가기를 마치고 윤희 불러 별거 아니라며 건네주고 남은 술 뱃속에 털어 넣은 후 마당에 앉은 소 올라타고 옥체보중하시란 말 들으며 험한 골짜기 사이를 유유히 사라져 갔을 것이다. 그 후로는 그를 본 사람 없고 더러는 신선이 되었을 거라고 한다.

오랜 세월 지나 지혜자의 흔적 찾을 길 없으니 그가 마지막으로 지나간 땅이름이나 마음에 담아보자. 함곡관(函谷關) - 골짜기를 품은 관문, 옥문관(玉門關) - 옥으로 가는 관문, 산관(散關) - 산산이 흩어지는 관문. 그는 그 관문을 지나 무릉도원(武陵桃源)으로 가서 천도(天桃)를 상식(常食)하는 신선(神仙)이 되었는가. 우리에게 사물의 뒷면을 보여주고 여름날의 그늘과 계곡 같은 여유, 그리고 참 삶을 가르쳐준 지혜의 사람 노자가 서서히 사라지던 그때 그곳이 내 눈에 보이는 듯하다.

deep & dim

**'오**奧**'에 대한**
**공상** 空想

　글을 읽어가다 '오지(奧地)'가 확 눈에 들어온다. 사전을 찾아보니 '해안이나 도시에서 멀리 떨어진 대륙 내부의 땅'이란다. 마지막 '땅'이 '지(地)'의 몫일 테니 나머지 앞부분이 '오(奧)'에 관한 설명일 것이다. 막연히 '번화한 곳으로부터 멀리 떨어진, 사람이 잘 살지 않는 깊은 곳' 정도로 생각하고 그만하면 충분한 이해라고 여겨왔다. 사전의 풀이도 크게 다르지 않다. 그런데 오늘은 호기심이 내 마음을 잡아끈다. 한자(漢字)는 기본적으로 그림을 바탕으로 했을 텐데 왜 그렇게 표현했는지 궁금하지 않느냐고 묻는 듯하다.

글자는 혼자 만들어 쓴다고 해서 생명력을 가질 수 없다. 그 시대의 사람들이 받아주고 긴 세월 후대인들이 인정을 해서 지속적으로 사용해야 살아남을 것이니 오늘까지 쓰이는 글자들은 다수의 공감을 얻어 살아남은 존재들이다. 많은 이들이 긍정할 만한 타당한 요소들을 골랐을 테니 그 글자를 보면 그 시대 사람들의 생각을 들여다 볼 수 있지 않으려나. 한자에 214자(字) 가량의 부수(部首)가 있는데 글자를 구성하는 의미요소의 조각들이다. 그것들을 하나 이상 이리저리 묶어서 글자를 만드니 한자의 조자(造字)능력은 상상을 초월한다. 부수를 네 개까지만 서로 묶어 만들어도 산술적으로 수억이 넘는 글자를 만들 수 있다. 그 중에서 몇 개를 꼭 집어서 한 글자를 만든 것을 보면 관련성이 상당할 것임을 어렵지 않게 짐작할 수 있다.

조각들을 보고 갓머리(家의 머리) 캘 채(采) 큰 대(大)의 세 개로 생각하니 집에서 큰 무엇을 캐낸다는 의미다. 기본 의미 조차 분명하지 않다. 무엇에 문제가 있는가. 캘 채(采)로 본 것이 잘못인 것 같다. 자세히 보니 분별할 변(采)인 듯하다. 역시 선명한 그림이 떠오르지 않기는 마찬가지다. 그 자(字)를 다시 확인하니 짐승의 발톱이라는 풀이가 있다. 그러면 '집안에 큰 짐승의 발톱이 있다' 는 것이니 약간의 그림이 그려진다. 생각이 여기까지 진전되니 갓머리가 개운치 않다. 그걸 굳이 갓머리 부수의 양 끝이 늘어난 모양으로 볼 근거가 있을까 싶다. 차라리 표할 주(丶)와 멀경(冂)으로 나누어보면 어떨까 하는 생각이 들었다. 주(丶)는 끊고 멈추는 지점을 표시하는 것으로 어떤 구체적이고 제한된 위치를 의미한다. 경(冂)은 여러 가지 의견이 있지만 읍(邑)으로부터 점점 멀어져가는 지역을 순차적으로 교(郊) 야(野) 림(林) 경(冂)이라 불렀다는 설을 받아들인다면 번화한 곳으로부터 어느 정도 먼 곳인지를 대강 짐작할 수 있을 것 같다. 사람들이 모여 사는 곳에서 아주 먼 곳, 짐승들이 생존의 싸움을 벌여 진 것들은 잡아먹히고 발톱들만 남아 여기저기 뒹구는 곳. 오랜 세월 속에 다른 부분은 흙이 되거나 미생물들의 밥이 되고 단단하고 쉽게 썩지 않은 발톱이 다수 발견되는 깊은 산골 어느 지점을 그려보니 보다 선명하고 구체적이다.

옛 사람들이 정말로 그러한 바탕에서 '오(奥)'라는 글자를 만들었는가는 알 수 없다. 오랜 시간 간격이 있으니 그렇지 않을 가능성이 훨씬 더 많다. 그래도 나는 상상만으로 충분히 즐겁고 재미있다. 그 긴 시간적 공백을 뛰어넘어 그들의 현장을 엿본 듯도 하고 글자를 만든 이의 깐깐한 생각의 틀을 조금은 이해할 수 있을 것 같기도 하다. 글자에 대한 내 추측이 타당성을 갖는가는 중요하지 않다. 그냥 순간 자극받은 한 글자를 토대로 해서 이 땅 어느 공간에도 없는 세계로 누구에게 방해를 받거나 주지 않고 자유로운 공상여행을 즐겼으니 행복하다.

그리고 보니 '오(奥)'에서 그러한 의미들을 받쳐주는 부분이 큰 대(大)다. '오(奥)'자의 부수도 큰 대(大)다. 부수는 대개 글자의 뜻과 관계가 깊다고 하는데 오(奧)와 크다는 것이 어떤 연관성이 있을까. 큰 대(大)가 한 사람〔一 +人〕은 아닐까. 인적 드문 으슥한 곳에 혼자 있는 것을 나타낸 것인가. 그대로 큰 대(大)라고 본다면 오지(奧地)는 대인(大人)과 관련 있는 곳인가 보다. 후일을 꿈꾸는 이들이 들어가 자신과 미래를 준비하는 곳이 오지인 것 같다. 그런 곳에서 한동안 견디며 익히고 깨달으면 대인이 되는가 보다. 그러니 깊고 비밀스러운 곳이어야지. 우리 산천을 보아도 그런 곳에는 대개 절이나 서원이 있다. 깊고 비밀스러운 곳에서 미래를 위한 어떤 준비가 은밀히 진행된다고 생각하니 기대 반 우려 반이다. 내 삶에 그런 곳을 한 번이라도 만나려나. 만난다면 그곳에 터 잡고 얼마간이나마 살아낼 수 있을까. 겁 많고 외로움 잘 타는 나는 소인이 틀림없으니 며칠 버티지 못하고 도망쳐 나오리라.

어쩌면 한동안 나와 함께 놀았던 '오(奧)자'도 외로웠던 것은 아니었을까. 다음에 나를 만나 다짜고짜 "깊고 비밀스러운 오지(奧地)로 가자"고 잡아끌면 어떻게 하나. 멀리서라도 '오(奧)자'가 보이면 못 본 척 고개 돌리고 재빨리 줄행랑을 쳐야지.

# 거미의
# 다짐

현실에서는 불가능한 일이지만 거미가 되어보자. 백여 년 전에 '프란츠 카프카'라는 이가 사람이 벌레로 변한 이야기를 쓰기도 했으니 상상으로 못할 바도 아니다.

나는 한 마리 거미가 되어 이층집 난간에 며칠째 자리 잡고 있다. 지상으로부터 사오 미터 되는 곳에 집터를 잡았는데 이곳을 누구든 자기 소유라고 우길 순 없으리라. 사람들이 가끔 자기 땅이라고 하는데 그건 말 그대로 땅이지 공중까지는 아니다. 공중은 말할 것도 없이 땅도 자기들이 몇 년이나 산다고 자기들 것이라

줄을 치고 누구를 기다리나?

하나. 그들은 사라져도 땅은 여전하다. 사람들이 종이를 건네고 사고판다 하지만 자연은 누가 소유할 수 있는 것이 아니다.

　타고난 재능으로 한 나절 고생하여 견고하고 통풍이 잘되는 집이자 일터를 건축했다. 일을 마치고 얼마 안 되자 먹이가 제 발로 걸려들어 배를 채우고 늘어지게 한숨을 잤다.

　두런거리는 소리에 잠을 깨어 보니 늦은 저녁 무렵. 바람도 한 줄기 불어오고 이글거리던 태양도 서산을 넘고 있어 상쾌하다. 모녀가 계단을 내려오며 나누는 대화를 들으니 벌레들이 난리인데 내가 일부라도 그들을 처리해주니 고맙다는 얘기다. 그 끝에 나를 익충(益蟲)이라 했다. 그들의 이기성(利己性)이 귀에 거슬린다. 지극히 인간중심적인 판단이다. 내가 저들을 위해서 벌레를 잡는다는 것은 전혀 사실도 아니고 사리(事理)에 맞지도 않다.

가끔은 내 친구들이 우리 집에 놀러온다. 그들은 나에게 인간들을 조심하라고 얘기한다. 인간들은 지극히 기분대로 행하기 때문에 언제 우리들 건축물을 망가뜨릴 지도 모르고 심지어는 우리를 눈도 깜짝하지 않고 죽이기도 하고 그러고도 전혀 죄책감은 물론 미안한 기색도 없단다.

나는 친구들에게 진찬(珍饌)을 대접하며 모녀 이야기를 했다. 그들은 코웃음을 쳤다. 그런 말을 믿고 안심했다가는 언제 어려움을 당할지 모른다고 하면서 집을 망치고 생명을 잃은 가족과 친지들의 경우를 수없이 열거했다. 그래도 내가 보기에 모녀는 착하고 순해 보였다.

다음 날 저녁. 딸이 어디를 갔다 오는 듯 했다. 모녀는 사이가 좋은지 매번 이야기를 주고받는다. 그때는 바람이 건들 불어서 뭔 얘긴지 정확히 듣지 못했는데 딸은 얼굴에 짜증이 가득한 채로 몇 번을 툴툴거렸다.

쪼르르 방으로 들어가나 싶더니 길쭉한 통을 들고 우리 집 앞에 다가와 갑자기 치익 하고 어떤 액체를 뿌려댔다. 그 짧은 순간에도 견디기 힘든, 죽을 것 같은 고통과 온몸의 마비가 엄습해 왔다.

강한 바람과 나의 발 빠른 대처로 큰 어려움은 면했다. 또한 한창 때라 오래지 않아 몸도 정상으로 회복은 되었지만 인간들에 대한 나의 신뢰는 산산조각이 났다.

그들은 전혀 이성적(理性的)이지도 않고, 모든 생명체가 지구라는 초록별에서 함께 살아간다는 의식도 없었다. 자기들끼리라도 오순도순 사이좋게 살아 가는가 하면 그것도 아니었다. 속고 속이고 치고받고 서로가 서로를 힘들게 하며 이 땅을 망가뜨리고 있었다.

스스로 만든 돈이라는 물건 때문에 어려움을 겪고, 자신들을 오히려 해하고 있다. 그들은 철저히 이중적 잣대를 가지고 있으면서도 알아차리지 못하는 듯하다. 그치지 않고 전쟁을 하면서도 평화를 지키자고 큰 건물을 짓고 대표들이 모여 회의를 한다. 돈을 위해 아이들을 동원해 무분별하게 개발을 하면서도 자연을 보호하자고 목청을 돋운다.

우주의 재판장이 소송을 받아들이지 않고 침묵해서 그렇지, 생명 있는 모든 것을 동등하게 인정하고 갑을관계(甲乙關係)없이 판단을 한다면…. 가장 무거운 형벌을 받아야 할 존재는 인간들일 게다.

아마도 인간들에게 그런 처벌이 내려진다면 우주의 수많은 생명체들이 환호성을 지르며 만세를 부르리라.

마당 한쪽 구석에서 하늘을 올려다보니 내 집이 있던 곳에 또 다른 우리족속이 어느새, 새 집을 짓고 편히 쉬고 있다. 저기가 집터로 길지(吉地)일까 흉지(凶地)일까….

　이제 나는 저들 눈에 띄지 않는 한적한 어딘가에 또 다시 튼튼하고 멋진 집을 지으리라 다짐한다.

# 의연 毅然 히 죽어
## 땅에 묻히다

　　나는 사마귀다. 더러는 나를 버마재비 혹은 당랑(螳螂)이라 부른다. 내 짧지 않은 생애 동안 숱한 죽음의 위기들을 넘어 왔는데 급기야 오늘에 이르러 내 삶을 마감하기에 이르렀다. 나는 우주의 질서를 파수하는 무사로서 구차하게 목숨을 구걸하기보다 의연히 죽기로 결심했다. 내 육신은 죽어서도 우주를 풍요롭게 하는 거름이 될 것이다. 이에 내 떳떳한 죽음의 기록을 남겨 우리 종족들의 자랑스러운 삶과 죽음이 많은 이들의 본보기가 되도록 하려 함이다. 내 이야기를 택함은 내가 대단해서가 아니라 우리 동족의 보편적인 거룩한 종적(蹤迹)을 이 땅에 남기기 위함이다.

우리 종족은 출생부터가 다른 이들과 다르다. 다른 족속들은 암수의 기분에 따른 교합으로 이 땅에 오지만 우리는 우주의 질서를 유지하고 의(義)의 용사를 보존하려는 사명의식으로 부모님들이 생명계승의식을 치른 후에 후손만대(後孫萬代)를 위한 아버지들의 살신성인(殺身成仁)의 토대위에서 태어난다. 그렇기에 우리의 근육과 혈관 속에는 대의와 타인을 향한 살신성인의 정신이 종족적 유전자로 새겨져 흐르고 있다.

우리의 외모도 많은 이들의 경외(敬畏)의 대상이다. 훤칠한 키와 탄탄한 몸매, 크고 억센 팔과 다리, 위엄에 찬 두상(頭相)과 눈은 헌걸찬 무사로서 조금도 손색이 없다. 누구나 어디서든 우리를 보면 경외의 표정을 감추지 못한다. 배우지 못한 이들이나 아이들은 우리의 모습을 보면 두려워하면서도 징그럽다고 말한다. 그럴 때면 경외 혹은 존경스럽다고 하는 것이라고 고쳐주고 싶지만 얼마안가 깨닫게 되리라고 믿고 지나치곤 한다. 우리에 관해 가장 잘 알려진 일화가 "당랑거철(螳螂拒轍)"이다. 원체 널리 알려지고 유명한 얘기라 되풀이할 필요도 느끼지 않는다. 무인으로서의 강한 자부심과 당당함에 제(齊)나라의 군주(君主) 장공(莊公)조차도 예를 표하고 우회(迂廻)해서 갔다는 것이다. 이 이야기도 지식이 얕고 생각이 천박한데다 시기심까지 그득한 이들은 "제 분수를 모르고 상대할 수 없는 강적에게 대드는 것"이라고 그들 수준에서 오해를 하고 사용하기도 한다.

나는 오늘 아침에 별것 없어 보이는 평범한 집의 작은 화단을 방문했다. 그들로서는 우리 같은 무사가 방문했다는 것이 가

문의 영광이 되고도 남을 것이다. 그곳에 작고 엉성하지만 소나
무가 몇 그루 있었다. 내가 그 중의 한 나무에 앉아서 휴식을 취
하고 있었는데 오십이 될까 말까 해 보이는 안주인이 뭐라고 소
리를 질렀다. 짐작으로는 귀한 무사가 오셨으니 나와 보라는 것
이었으리라.

　　많은 이들이 우리 족속이 귀하다는 것을 알기에 딱 어울리는

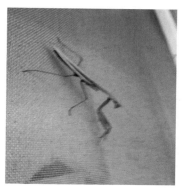

사마귀

이름을 우리에게 지어 주었다. 삼국지에 등장하는 제갈 승상과 버
금가는 무인의 가문이 사마(司馬)씨 임을 천하가 다 안다. 아마 공
명을 이긴 유일한 인물이 사마 중달(司馬 仲達)일 것이다. 사마
사, 사마 소, 사마 염 등 대단한 이들이 즐비하고 후에 진(晉)나라
를 세우는데, 그들의 성(姓)에 귀(貴)자를 덧붙여 학식 있는 이들
은 우리를 사마 귀(司馬 貴)라고 부른다. 무식한 이들은 그것도 알
지 못해 아무렇게나 "사마귀" 혹은 사·마귀(邪·魔鬼)인 것처럼 알
아서 우리를 사악한 마귀 취급을 한다.

잠시 후에 역시 오십이 조금 넘어 보이는 이가 나오더니 꽃삽을 찾아 들고서 내게로 왔다. 꽃 한포기를 심거나 캐려고 꽃밭으로 오는 줄 알았다. 그는 내 앞에 오더니 "가, 죽기 싫으면 다른 데로 가"라고 소리를 질렀다. 무식하면 내가 누군지 모르는 것이 당연하다. 그렇다고 제나라 장공 앞에서도 자존심을 지키고 당당히 버텨서 돌아가게 만들었던 족속의 후손이 보잘 것 없는 범인의 한 마디에 천한 것이나 패잔병처럼 후다닥 도망을 가야하는가로 잠시 고민을 했다. 결론은 조상의 명예를 더럽혀서는 안 된다는 것이었다.

그런데 숨도 한번 길게 쉴 사이 없이 곧바로 가는 소나무 둥치를 꽃삽으로 쳤다. 나를 치지 않은 것은 겁을 주려는 의도 같았다. 갑자기 내 속 깊은 곳으로부터 오기(傲氣)가 치밀어 오르고 있었다. 당신의 알량한 협박에 굴할 내가 아니라는 결연한 의지(意志)로 소나무 둥치를 손과 발로 강하게 움켜쥐고 버텼다. 그와 거의 동시에 내 허리에 둔탁한 통증과 함께 대낮에 하늘의 별이 보이고 손과 발에서 힘이 빠져 나가며 의식이 흐려짐을 느낄 수 있었다. 학식과 양식이 있는 이들에게나 통할 수 있는 품격과 행동을 불학무식한 이에게 기대했던 것 같다. 그래도 후회는 없다. 선조들의 기상과 패기에 누(累)를 끼치지 않고 깨끗하게 이 땅을 떠나는 것도 무사다운 행동일 것이다. 내 후세를 위하여 거룩한 생명계승의식을 행하지 못하고 그들을 위해 내 몸을 살신성인하지 못함이 못내 아쉬울 뿐이다. 사내는 그래도 나를 당랑(堂郞)으로 아는지 땅을 파고 내 육신을 묻어주어 큰 수치는 면케 해 주었다.

하급 무인들이 하듯이 후손들에게 내 복수를 부탁하고 싶지는 않다. 무식한 이들을 불쌍하게 여겨 내 한 몸 사라지는 것으로 족할 뿐 원한을 남기진 않는다. 마지막 숨을 몰아쉬며 혼신의 힘을 모아 이 글을 기록하니, 후손들은 무식한 이들을 조심하며 세상은 사마 귀(司馬 貴) 족속을 기억하라.

III

# 산다

1. 배우는 즐거움 :
2. 재주 없이 살기 :

# 1. 배우는 즐거움 :

일본어를 배우며

행복한 방송대

유연성(柔軟性)을 지키려

미지의 오카리나

한국사 시험 응시기

때가 되면

생각 바꾸기,

태백산맥을 읽고 설움에 겨워

지혜로운 모습들

비행기고문(拷問)

こんにちは、
がんばれ！

## 일본어를 배우면서

　외국어를 한 가지 하고 싶다는 열망이 일었다. 무엇이 좋을까. 영어는 너무 흔하고 요즘의 대세는 중국어인 듯한 데 성조를 생각하면 너무 힘들 듯하다. 동북아에서는 그 다음은 일본어니 그 것을 해보고 싶다. 왠지 조금은 만만하고 노력하면 좋은 결과가 있을 듯하다. 지리적으로 가깝고 우리 삶에 영향력도 많은 반면에 배우는 이들은 상대적으로 적은 것 같으니 익혀두면 유용할 것이다. 전에도 한두 번 시도해 봤지만 단기간에 그쳤고 효과는 거의 없었다. 이번에도 얼마나 할 수 있을지 모르지만 어느 수준까지는 가 보고 싶다. 어떤 방법이 효과적일까를 생각하다 한 주에 한 번이라도 정기적인 자극이 필요할 것 같아 매 주 한 시간씩 하는 곳을 찾아보았다. 요일도 맞추어 지금 하고 있는 것에 지장이 없어야 하니 쉬운 일은 아니다.

인터넷 검색을 하다가 문화원 홈페이지에서 요일과 시간이 맞는 강좌를 찾았다. 그런데 자세히 보니 몇 해가 지난 프로그램이었다. 혹시나 하는 마음에 연락을 해 보았더니 지금도 진행하고 있단다. 초급이 아니라고 한다. 들어볼 수는 있지 않느냐고 했더니 그렇기는 하지만 언제까지 지속하느냐가 문제란다. 어찌하든 가보기로 했다. 부푼 마음으로 개강 일을 기다려 가보니 열 명의 수강생이 모여들었다. 강사가 들어와 강의를 소개하고 책을 보여주니 세 명이 감당하지 못하겠다고 우르르 퇴장했다. 일곱 명이 새 학기 첫 수업을 들었는데 세 명은 기존에 하던 분들이라고 했다. 집에 돌아오니 여러 가지 생각이 든다. 게다가 한 분이 일본어로 된 긴 문장을 음성으로 보내면서 해석을 해 보란다. 다음날 온 문자를 보아도 모르겠기는 마찬가지였다.

한 주가 지나고 조금은 주눅이 들어 수업에 참여했다. 지난 시간에 참여했던 이들 가운데 한 사람이 빠졌다. 내가 알아들을 수 있는 말은 거의 없는데 다른 이들은 잘들 하고 있다. 제대로 따라 갈 수 없으니 어떻게 해야 하나. 실력이 없으니 눈치는 무척 늘 것 같다. 긴 세월을 눈치로 살아왔으니 그런 것은 자신이 있다. 차라리 처음 시작하는 반보다 좇아가야 할 목표가 있으니 좋을 듯도 하고 그래도 내가 할 만한 것이 언어가 아닐까 싶어 견뎌보기로 했다. 이 나이에 문제될 것이 무언가. 시험 보아 성적을 가릴 것도 아니고 못한다고 부끄러울 일도 아니다. 외국어야 잘하고 못하고가 아니라 끈기 있게 오래 하는 것이 비결이라고 믿고 있다. 일본어로 소설을 쓰거나 연설을 할 것이 아니니 어설프더라도 내 생각을 분명히 밝힐 수 있는 수준까지만 가면 족하다. 그렇지 못하다 해도 그뿐이지 어려움을 겪을 일은 하나도 없다. 진전이 있는 만큼 내 사고의 폭이 넓어지는 것이요 삶이 풍성해지는 것이다. 다른 이들이 하는 것을 보면서 삶에 자극을 받는다. 같이 읽을 때도 어사무사하니 혼자 잘 읽을 수가 없다. 지도하는 선생님도 아직은 내게 큰 부담을 주지 않으려고 별다른 것을 요구하지 않는다.

어떤 때는 그만둘까 하는 생각이 잠깐씩 들기도 한다. 하지만 내가 누군가. 뭐가 뭔지도 모르면서 긴 세월 영어도 배우고 학교를 마치면 어디에 쓸 곳이 있는지도 모르는 수학도 줄기차게 배워왔는데 그것들에 비하면 일본어는 콧노래 부르며 배울 수 있을 것 같다. 영어에 쏟았던 시간과 열정으로 일본어를 하면 원하는 목표를 넉넉히 이룰 수 있을 것이고 더구나 이것은 스스로 능동적으로 하는 것이니 더욱 효과적일 듯하다. 가끔은 밖으로부터 동기부여를 받고 때로는 나 자신을 채찍질하며 내 가능성을 시험해 볼 일이다. 거의 백지 상태에서 지식을 받아들여 내 것으로 삼으면서 다른 이들이 학습에 임하는 심리상태도 더 잘 이해할 수 있을 것이다. 한 주에 한 문장씩이라도 확실히 외워서 내 것으로 삼으면 몇 년 지나면 기초적인 표현은 하겠다 싶었는데 벌써 네 주가 지났지만 한 문장도 완벽하지 못하다. 생각과 실제가 얼마나 다른지 알 수 있다. 그러니 이론가보다는 실천가가 되어야 하는가 보다.

함께 하는 이들은 초보자가 성공하는 모습을 보고 싶으면서도 언제까지 버틸 수 있을지 걱정스럽기도 할 것이다. 누구도 대신하거나 도와줄 수 없는 것이 외국어공부이니 모든 것이 오롯이 내 몫이다. 저 앞에 달려가는 그들이 멀리 떨어져 좇아오는 나를 연민의 눈으로 돌아보는 것 같다. 그래도 이러한 같은 목표를 가진 이들이 함께 일본어를 배워가고 있다는 자체만으로도 다행으로 여기며 여건이 허락하는 대로 늦더라도 줄기차게 가보고 싶다. 긴 세월 가다보면 안 보이고 모르던 것들도 하나 둘 씩 그들의 정체를 드러내 보여주고 나와 친구가 되어 필요한 때에 나를 도와주리라 믿는다.

배우는 공간도 쾌적하고 사람들도 친절하다. 잠깐 쉬는 시간에 둘러본 서가에 지역에 관한 많은 책들도 있고 문학에 대한 책들과 향토작가들의 작품집도 적지 않게 갖추어져 있다. 지역의 관심 있는 많은 이들에게 열려있는 평생교육의 공간으로 중요한 역할을 하고 있고 나 또한 그 혜택을 받으며 즐거운 삶을 살아가고 있는 한 사람이 분명하다.

# 행복한
# 방송대

　　지난 해에 방송대 영문과에 편입해서 이제 네 학기 째다. 방송대는 나태해지려는 내 삶에 강력한 자극을 주어 나를 깨어나게 한다. 진지하게 주변을 둘러보면 모르는 것이 너무 많고 내가 안다고 생각한 것이 얼마나 좁고 자기중심적이었는가를 알게 된다. 누구나 한 번 사는 삶, 그 귀한 삶을 밝은 눈으로 살고 싶다. 신체적인 시력보다 상황을 보는 정확한 안목을 갖고 싶다. 알고 싶고 배워야 할 것이 무척 많은데 그것을 이루기에 알맞은 곳이 방송대였다. 두 해 동안의 방송대 생활은 활력과 기쁨을 안겨 준 내 삶의 봄날이었다. 이 봄날의 따스함을 체험했으니 여름으로 가는 길을 누구도 막을 수 없으리라.

　학교생활의 거의 모든 것이 온라인 기반이어서 컴맹 수준인 나로서는 막막하기만 했다. 조금이라도 대학생활에 익숙해지고 여러 면에서 도움을 받으려고 찾아낸 모임이 한자연구반이었다. 가르치는 이의 열정이 놀라웠고 배우는 이들의 학구열도 대단했다. 선생님의 학문을 하는 성실한 자세와 진지함 그리고 부지런함을 따라가기엔 역부족이었지만 커다란 동기부여와 자극이 되었다. 함께 했던 구성원들도 자신의 삶을 열심히 살면서 순수함을 가지고 배움에의 목마름을 채우려는 너무도 좋은 이들이었다. 대학생활의 어려움이나 궁금함을 어느 정도 풀 수 있었다. 한자급수가 졸업논문을 대체할 수 있어서인지 중문과 학우들이 많았다. 한자를 배우는 목요일은 내게 새 세상이 조금씩 열리는 날이었다. 무엇보다 한자를 통해 옛사람들의 사고방식과 세계관을 보는듯한 즐거움이 있었다. 일 년여에 이르는 한자반의 즐거움은 몇 몇과의 졸업논문이 폐지되면서 아쉽게 끝이 났다.

　올해는 방송대에서 어떤 활력과 기쁨을 누릴 수 있을까 기대하며 일 학기 출석 수업 때 게시판을 보니 '수필특강' 공고가 있었다. 평소 글쓰기에 관심은 있었지만 체계적인 교육을 받지 못해 기본이 부족했다. 열 주간의 강의로 높은 수준까지야 이를 수 없겠지만 현 수준에서 한 단계 정도는 발전할 수 있겠지 하는 기대로 참여했다. 특강의 지도교수님이 원체 경험이 많고 지도방법도

탁월하셔서 글쓰기에 대한 흥미를 붙일 수 있었다. 나중에야 안 일이지만 그분은 수필계에서 입지도 견고하고 큰 문학단체를 만들어 오랫동안 이끌고 계시며 계간으로 문학지를 발간하는 대단한 분이셨다. 교수님은 문학을 향한 열정이 대단해 시간 전에 오셔서 계획된 시간을 훨씬 넘기며 우리의 글을 지도해 주셨다. 학생들은 정성껏 글들을 써 왔고 우리의 눈높이에 맞춘 교수님의 가르침에서 따듯한 사랑과 배려를 느낄 수 있었다. 가벼운 마음으로 출발한 글쓰기가 점차 묵직하게 다가온다. 그래도 모두가 함께 식사도 하고 작은 문집도 만들었는데 짧은 기간에 그런 일을 할 수 있다는 것은 놀라움이었다. 그 기간은 나에게 글쓰기의 세계에 발을 딛게 해주었고 특히 수필의 나라로 나를 데려가 주었다. 글쓰기는 빠져들 만한 충분한 매력과 가치가 있었다. 처음에는 한 주에 두 시간의 비율로 시작한 것이 점점 내 생활을 파고 들어와 이제는 내 삶의 '사분의 일' 정도를 차지하고 있다. '열 주'를 정하고 시작한 '수필반'은 지금도 이어지고 있어서 문우들이 글을 통해 자신과 주변을 진지하게 돌아보고 삶을 풍요롭게 하며 글 솜씨를 지속적으로 다듬어 가고 있다.

지난 세 학기 동안 나는 학점을 많이 취득하지는 못했다. 그동안 여섯 과목 16학점 밖에 이수하지 못해서 편의상 삼 학년이지만 정확히는 이 학년이다. 내가 방송대 학생이 되기 전에는 입학은 쉬워도 졸업은 정말 어려울 것으로 생각했는데 직접 보니 사년 만에 졸업하는 이들이 많다. 평일에 학교에 가 보아도 여기저기서 학과별 학습을 진행하고 동아리모임도 자주 있는 듯하다. 가끔 아는 이들과 학교 앞을 지나칠 때에는 우리학교라고 자랑스럽게 이야기한다. 쉬지 않고 공부해서 꼭 졸업의 영광을 누려보고 싶은 열망이 강렬하다.

　나는 아내와 함께 같은 과 같은 학년이다. 출석 수업을 들어도 같이 듣고 시험 준비도 같이 한다. 오랜만에 다시 해보는 학교생활이고 늘 다른 이들을 가르치다가 거꾸로 배우려니 쉽지 않다. 그래도 부부가 함께 배우니 서로에게 의지가 되고 격려도 된다. 출석수업도 나란히 앉아 듣고 시험도 앞뒤에 앉아 친다. 같은 과지만 만나는 기회가 적어 우리를 모르는 이들은 부부냐고 묻고 그렇다고 하면 부러워하고 보기 좋다고 덕담을 한다. 좀 더 적극적으로 학교생활을 하고 싶은데 여러 가지 환경적 제약이 적지 않다.

　대개 한 주에 한 번은 학교에 가는데 늘 즐겁다. 부담을 가지고 하는 공부가 아니라 목적을 가지고 스스로 좋아서 하는 일이니 성과로 치면 청년들만큼이야 있을까마는 배우는 즐거움으로는 그들에게 뒤지지 않는다. 이제 또 무엇으로 방송대는 나를 설레게 할 것인가. 기대에 찬 상상만으로도 즐겁다.

# 유연성 柔軟性을
## 지키려

배움으로 향하는 길에는 항상 설렘이 있다. 이제는 유연성을 기르기 위해서가 아니라 지키려 배움의 길에 나선다. 부드러움이 능히 강함을 이긴다는 말[柔能制剛]이 있다. 모난 돌을 둥글게 만드는 것은 날카로운 정이 아니라 부드러운 물이다. 부드러움이 유연함이다.

유연함은 살아있음의 상징이랄 수 있으니 물이 오가고 피가 흐를 때 나타나는 특성이다. 반대로 굳음과 딱딱함은 죽음의 상징이다. 생명이 떠나면 신진대사가 멈추고 경직되어서 돌이킬 수 없는 죽음이 된다.

자연계에서 어린 존재들은 유연해 민첩함과 놀라운 적응력을 갖는다. 유연성은 움직일 수 있는 폭(幅)이다. 그래서 어린이들은 어른들에 비해 크게 다치지 않고 다쳐도 회복이 빠르다.

신체적 유연성에 못지않게 중요한 것이 사고의 유연성이다. 무언가를 배우고 많은 책을 읽는 것도 생각의 유연성을 키우기 위함이다. 어떤 문제의 답을 한 가지만 알고 있는 이와 다섯 가지를 알고 있는 이는 대처방식이 다를 수밖에 없다. 남의 이야기를 들을 때에도 한 가지만 아는 이는 그것이 아니면 틀렸다고 생각하고 다섯 가지를 알고 있는 이는 상대의 의견이 그 안에 있으면 그런 방법도 가능하다고 인정해주고 그 외의 방법을 들으면 또 다른 해결책을 알게 된 것을 고마워하며, 그 길을 찾아낸 상대를 인정하고 칭찬·격려해 줄 것이다.

견문이 좁아 자기의 의견만 옳다고 우기고 다른 의견을 받아들이지 않는 이들을 편협한 고집쟁이라고 한다. 문제의 심각성은 본인들의 처지를 알지 못하고 자신들은 원칙에 충실한데 타인들이 오히려 원칙에서 벗어난 것이라고 확신하는 것이다. 그들은 대부분 강경하다. 대화로 설득하기가 쉽지 않다. 경직된 사고는 무수한 시행착오나 체계적인 교육을 통해서 고칠 수 있다. 문제는 그러한 이들이 멀리 있는 것이 아니라 바로 나 자신일 수 있다는 것이다. 현대사회는 한 사람이 모든 것을 다 알 수 없고 또 그럴 필요도 없다. 각 분야에 축적된 정보의 양이 원체 많아서 서로 도움을 주고받는 것이 조금도 부끄럽거나 잘못된 일이 아니다. 서로의 영역을 존중하면서 유연하게 대처해 나아가야 한다.

필요한 지식과 정보를 습득하는 가장 좋은 방법은 지속적인 배움이다. 우리의 부모시대만 하더라도 학교에서 배운 지식으로 평생을 살아갈 수 있었을지 모르나 이제는 학교에서 배우는 지식의 수명이 점점 짧아져 간다.

조금만 소홀히 하면 어느 순간에 자신이 평생을 지켜 왔던 일자리가 없어질 수도 있고 혼자만 이방인처럼 소외될 수도 있다. 정보화의 흐름에 무신경하게 몇 년을 지내왔더니 어느 순간 주변의 동료들은 이메일로 소식을 주고받고 유에스비로 정보를 교환하며 문자와 밴드로 소통하고 있었다. 대화를 함께 할 수 없고 이해할 수도 없었다. 사회의 발전 속도를 무시하다가 자신만 뒤쳐진 꼴이 되었다.

얼마 전에 아는 분에게서 수중에 사는 어류 중에 상어만 부레가 없다는 얘기를 들었다. 충격이었다. 부레가 없으면 바로 물속에 가라앉을 텐데 주생활 무대가 수중인 상어가 어떻게 살아갈까. 그분은 상어에게 부레가 없는 것이 상어를 바다의 강자로 만든 주요인이라고 알려주었다. 부레가 없어서 잠시라도 헤엄치지 않으면 가라앉고 말아, 새끼 때부터 끊임없이 헤엄을 쳐서 거대한 몸집에도 유연하게 수영을 하고 많은 포획물들을 차지할 수 있게 되었다고 했다.

꼭 있어야 할 것이 없다는 것은 커다란 재앙처럼 여겨지는데 그것이 최대의 장점이 된다는 것이다. 장자(莊子)의 인간세(人間世)편에 무용지용(無用之用)이라는 말이 나온다. "쓸모없음의 쓸

모"라고 할 수 있는데 어떤 나무가 지극히 쓸모가 없어서 아무에게도 벌목(伐木)당하지 않아 거목으로 자라날 수 있었다는 것이다. 사람도 잘하는 면이나 빼어난 미모가 있으면 일찍부터 인정을 받고 과도(過度)하게 불려 다녀 자신의 계획대로 살거나 자신의 성장을 위한 시간을 확보하지 못한다. 반면에 어떤 이들은 드러난 재능이 없어서 초반에는 인정받지 못하지만 남들의 시선으로부터 자유로워 부단한 노력으로 자신의 전문분야에서 일가(一家)를 이루는 경우를 볼 수 있다.

부단한 노력이다. 지속적인 훈련을 하지 않으면 유연성이 떨어지고 감(感)이 무뎌지는 것은 모든 영역에서 공통적으로 나타나는 현상이다. 물리적인 면만 아니라 정신적인 영역에서도 동일하다. 유연하지 않으면 퇴보한다.

퇴보하지 않으려, 편협과 고집에 빠지지 않기 위해 오늘도 배움의 길에 머물려 한다.

# 미지의
# 오카리나

    두루미 대가리 같기도 하고 어릴 적 물총 같게 보이기도 하는 오카리나 하나가 내 앞에 놓여 있다. 자그마해서 위압적이지 않아 덜 부담스럽고 도자기라서 더 정감이 간다. 오카리나가 나와 오래 같이 있어 주고 외로울 때나 즐거울 때에 친구가 되어 주면 좋겠다. 어느 곳 무슨 사연이 서려 있는 흙이 골라져서 빚어지고 구어져 나에게 운명처럼 다가와 상념을 자아내게 할까? 수만 년 세월 속에 이 고장 저 마을의 흙과 바람과 물이 홍수와 태풍에 섞이고 온갖 사람과 동물과 풀과 나무의 뼈와 살들이 어우러져 풍화 침식되어 함께 구어진 저 자그마한 체구에는 희로애락의 모든 노래와 이야기들이 켜켜이 담겨 있겠지.

　　처음에 오카리나를 배우자는 의견이 불쑥 나왔을 때 몹시 당황스러웠고 난감했었다. 오랜 세월 함께 하다가 별 이유 없이 갑자기 빠질 수도 없고 이제까지 어느 노래 가사 하나 제대로 외우지 못하고 다룰 줄 아는 악기 하나 없는 나보고 어쩌라는 것인가. 오카리나를 가르쳐 주겠다는 친구나 나를 제외한 다른 이들은 근심스런 빛이 조금도 없고 오히려 들뜨고 신나 보였다. 가르쳐 주겠다는 친구는 음악을 전공하고 대학에서 강의도 한 적이 있다. 몇 년 전부터 오카리나에 푹 빠져서 지역에서 팀을 만들어 가르치고 그것으로 봉사활동도 하고 전국적인 동호회활동도 한다. 얼마 전에는 우리 집에 와서 아내와 나 단 둘을 앉혀 놓고 몇 곡을 연주하기도 했다. 어쩌다 전화해 보면 개울가에 앉아 오카리나를 불고 있다고도 했다. 급기야 구입할 오카리나를 선정했다고 문자가 왔다. 함께 얽혀서 가는 데까지 가보자. 이 나이에 좀 뻔뻔해진들 그게 무슨 흉이랴, 모르는 이들도 아니고 숨길 것 없이 서로 다 아는 데.

　　첫 시간이 되었다. 오십 대 후반 선생님은 가르치고 육십 대 둘 오십 대 셋 이렇게 다섯은 배운다. 모두들 긴장해서 기초적인 것도 잘되지 않는다. 왜 남이 안 되면 그렇게 즐겁고 우습고 신나는 것일까? 가르치는 이는 열이 나고 배우는 이들은 어렵고…. 그렇게 또 다른 신세계가 열리고 있다. 우리가 힘들어서 일까 선생님이 몇 곡을 연이어 불어 젖힌다. 또 다시 연습에 돌입해서 이번에는 한 사람씩 한다. 숨을 데가 없어 서로가 조금은 민망할 법도 하지만 나머지 사람들은 마냥 즐거워 킥킥대고 연습은 중단되고 웃음바다가 된다. 팔이 저리다. 그 가벼운 것을 들고 하는 데도 긴장하니 힘이 들고 머리가 딱딱 아프다. 누군들 잘하고 싶지 않으랴. 몇 번을 강조해도 막아야 할 바람구멍 술술 뚫리고 손가락 떼는 것도 너무 힘들다.

선생님은 박자를 충분히 불라 하는데 학생들은 늘 당황스러워, 첫 시간 배운 것, 도 레 미 레 도. 숨 쉬는 곳 몰라서 허덕거려도 시간 갈수록 좋아진댔지, 지난 시간 빠진 이는 표시가 난다. 밀어 내는 숨결도 불안정하고 도 소리 하나도 확실치 않다. 그렇지요, 좋아요. 선생님 칭찬에 피곤한 줄 모르고 손가락에 주었던 과도한 힘도 조금은 편안해 지는 듯하다. 첫 술에 배부르랴 시작이 반이라는 데, 악기를 하나라도 배운다는 자체가 나에게는 커다란 기적인 거다. 시간시간 쌓이고 익숙해지면 길거리에 함께 나가 공연을 하자고 한다. 쉬지 않고 하나하나 배우고 익혀 나도 내 나이 칠순 넘을 때 저녁노을 지는 개울가에서 내 아이들의 아이들 뛰어 놀 때에 편편 널찍한 바위에 앉아 오카리나 한 곡조 자신 있게 들려주고 싶다. 또한 아이들 모아놓고 알아듣든 못 듣든 내가 깨친 삶의 얘기도 해주고 싶다.

모두가 헤어져 가고 오카리나만 내 앞에 오도카니 놓여 있다. 내 속도대로 가리라. 마음 비우고 오랜 세월 함께 하면 악기도 내 진심을 알아 자신의 비밀 털어 놓고 고운 소리도, 한 서린 소리도, 풀어 놓기도 하고 담아 주기도 하리라. 그렇게 세월가고 미운 정 고운 정 들리라. 내 운명의 오카리나, 그때에 내 오카리나 되리라.

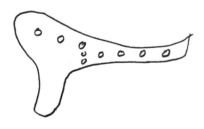

# 한국사 시험
# 응시기

　　지난 토요일 국사편찬위원회에서 주관하는 한국사시험 고급 과정에 응시했다. 시험을 보겠다고 했더니 올 해 생일에 가족들이 시험 준비용 책 한 권과 응시료를 선물로 주었다. 팔 월 시험을 보려고 했었는데 분주히 지내다가 접수기한을 넘겨서 시월 시험에 응시했다.

　　자격이 어느 곳에 꼭 필요해서가 아니라 원체 역사적인 감각이 없어서 우리역사의 굵은 뼈대라도 확인하고 조금의 안목이라도 얻고 싶은 바람에서다. 원서를 접수하고 나서 결심하고 공부를 하려해도 그날그날 피할 수 없는 일들이 있어 쉽지가 않다. 게다가 긴급한 필요가 없으니 늘 뒷전으로 밀린다. 시험일은 다가오고 준비는 되지 않아 마음이 뒤숭숭하다. 십사 단원으로 구성된 책을 칠 단원까지 훑어보고 시험장에 갔다. 준비를 잘하여 다음에 응시할까 하다가 시험장 분위기라도 익히고 강한 충격을 받으려고 시험을 보기로 했다.

시험이 열 시여서 여유 있게 아홉 시쯤 출발을 했다. 한참을 기다려도 버스가 쉽게 오지 않아 할 수 없이 택시를 탔다. 차들이 밀려서 간신히 시간에 늦지 않고 시험장에 도착해서 주의사항을 들었다. 남는 시간에 가져간 책의 예상문제를 몇 개 보았는데 하나도 맞지 않는다. 합격할 생각은 없어도 민망한 점수는 피하고 싶다. 백점 만점에 칠십 점 이상이면 일급 합격이고 육십 점 이상이 이급 합격이다. 떨어지더라도 십 점 이십 점은 피하고 싶다.

시험이 시작되어 문제를 풀어내려 간다. 전체적으로 상황을 알고 있지 않으면 풀 수 없는 문제들 같다. 그래도 이런저런 시험을 치면서 이렇게 긴장하지 않고 편안히 시험을 보기는 처음이다. 어차피 모르는 문제들이니 고민할 것도 없다. 떨어져도 급할 것 없고 또 공부해서 다시 보면 된다. 오히려 합격하면 다시 안 보게 되지만 떨어지면 계속 공부할 것이니 더 좋지 않은가. 아직 목표했던 것을 하나도 이루지 못했으니 떨어져도 아쉬울 게 조금도 없다. 남들은 잘못 쓴 답을 정정한다고 답안지 혹은 수정테이프를 요청하기도 한다. 그러나 나는 태연자약(泰然自若)하다. 확실히 모르니 괜히 고칠 필요도 없다. 한번 풀고 그만이다. 시간이 많이 남는다. 시험 준비를 제대로 하지 못한 이들의 심정을 충분히 이해할 수 있다. 학교 다닌 지가 오래되어서 잊어 버렸던 느낌이 다시 살아난다.

시험을 마치고 집으로 돌아와서 해당 홈페이지에 접속해 보니 아직 정답이 뜨지 않았다. 잠시 잊어버리고 다른 일을 하다가 다시 시도해 보니 정답이 올라와 있다. 긴장감도 별반 없이 채점을 해보았다. 결과는 사십육 점. 걱정했던 결과는 면할 수 있어 다행이었다. 언제까지일지 알 수 없지만 역설적으로 한국사 공부를 계속할 수 있어 그냥 기쁘다. 저녁을 먹으면서 들뜬 목소리로 가족들에게 물었다. 오늘 시험에서 내가 몇 점을 맞은 것 같으냐고. 가족들도 선뜻 대답을 못하고 머뭇거린다. 준비한 것을 다 알고 있으니 합격은 물론 못했을 텐데 표정이 밝으니 짐작을 못하겠다는 눈치다. 밝은 목소리로 내 점수를 발표했다. 가족들은 그래도 고급인데 준비한 것에 비하여 좋은 점수라는 반응이다.

한국사시험이 있은 후로 기회만 있으면 "덜 떨어진 사람"처럼 자랑을 한다. 지난번에 한국사 시험 고급을 보았고 사십육 점을 받았다고 하면 다들 신기하고 즐거운 표정이다. 한 곳에서는 내가 그 이야기를 자랑 삼아 했더니 자기도 자랑할 것이 있는데 중급에서 오십구 점을 맞았다고 하면서 덧붙여 하는 말이 고쳐서 몇 개 틀리고 알쏭달쏭한 것들을 찍었더니 거의 틀렸다고 아쉬워한다. 속으로 생각했다. 얼마나 아까우랴. 일점만 더 맞았으면 조금 낮더라도 급수를 딸 수 있었을 것을. 차라리 합격권에서 멀리 있는 내가 아쉬움이 훨씬 덜하고 이번 시험에 대한 미련도 없다. 다만 초등학교부터 오랫동안 배운 내 나라 역사인데 어쩌면 기본도 서 있지 못할까가 민망할 뿐이다. 그것은 재능 없음으로 돌려 버리고 말기에는 꺼림칙한 무언가가 있다. 반드시 필요한 것이라면 더 많은 노력을 기울이고 더 다양한 방법을 사용해서라도 최소한의 지식은 갖추고 있어야 하지 않을까 생각해서이다.

한국사를 제대로 아는 것은 자신의 정체성의 확인이다. 우리 역사가 자랑스러운 것만은 아니라는 것은 모두가 다 안다. 있는 그대로를 배우고 바른 시각으로 해석하여 현재에 슬기롭게 대처하는 힘을 기르는 것이 역사의 힘이다. 우리사회가 기능을 강조하다 보니 근본적인 것이 약해졌다. 일본과 중국을 비롯한 주변국들이 자국의 국익을 우선해서 역사를 왜곡하고 정책을 펴니 스스로 정확히 알지 않으면 진실은 가려지고 천추(千秋)의 한(恨)을 남기게 될지도 모른다.

중국은 백두산과 간도를 가져가고도 성이 차지 않아 동북공정을 외치며 발해의 역사를 자신들의 것으로 빼앗아 가려하고 일본은 위안부의 강제성을 인정하지 않고 독도에 대한 야욕을 노골적으로 드러내며 주변국들에게 준 커다란 피해를 미화하고 군국주의적 망령을 되살려 내려 하고 있다. 이러한 때에 조상과 후손들에게 못난 후손, 못난 선조가 되지 않기 위해서라도 우리의 역사를 바로 아는 일이 중요하고 시급한 일임을 느낀다. 우리의 역

사를 열심히 지속적으로 공부해서 한국사 고급시험에 합격하고
역사적 안목도 기르는 기쁨을 만끽하고 싶다.

## 때가 되면···

열시 반을 넘고 있다. 언제부턴가 시간에 신경이 쓰인다. 가족 중 둘이 아직 돌아오지 않았다. 첫째는 일본어 야간과정을 수강하고 있으니 그곳에 있을 테고, 막내가 걱정이다. 회사 끝나는 시간이 일정하지 않으니 아마도 회사에 있을 게다. 외지에서 대학에 다닐 때는 눈에 띄지 않아 그러려니 했는데, 집에 있으니 험한 세상에 더욱 마음이 쓰인다. 말은 하지 않아도 아내는 더 염려가 많으리라.

이제 열한시 하고도 반을 넘기고 있다. 견디다 못한 아내는 문자를 한다. 안 보아도 내용을 안다. "어디에 있나요?"아니면 "언제 옵니까?"일 것이다. 조금 지나니 답이 온다. "조금 더 있다 갈게요."지금 어디에서 무엇을 하고 있는데 몇 분 후에 도착한다고 하면 좋을 텐데…, 거두절미하고 짤막하다.

지난날의 내 모습이 겹친다. 집에 전화도 없던 시절, 아주 드물게 방학에 친구들과 어울리다 집에 들어가지 못하는 날이 있었다. 이튿날 집에 들어가면 부모님은 별다른 말씀을 하지 않으셨다. '매사에 알아서 잘하리라고 부모님이 나를 믿어 주시는 구나', '부모님도 평소와 같이 주무셨겠다.'고만 생각했었다. 이제 돌이켜 보면 결코 그렇지 않았을 게다. 잠을 이루지 못하시고 자정이 되어서는 막내는 아직도 안 들어왔냐고 서로 묻고 답하고는 불도 끄지 못한 채, 깊은 잠을 이루지 못하셨을 게다. 부스스한 얼굴로 나타난 막내를 대하시면서 말은 하지 않아도 반가운 표정을 감추지 못하시고, 행여 비뚤게 반응할까 염려스러워 지난밤에 어디서 무엇했는지 묻지 못하셨을 게다.

학교를 마치고 귀가가 늦는 날은 막내가 고등학생임에도 어머니 눈에는 어린아이였든지 자주 골목 모퉁이에 나와 기다리고 계셨다. 컴컴한 골목에 내 흐릿한 모습이 보이면 내 이름을 부르며 다가오셔서 함께 집으로 향했다. 그때는 그 일을 아무렇지 않게 받아들였지만 어머니는 삼십 분이나 한 시간 혹은 그 이상을 어둠과 추위 속에 날 기다리고 계셨었는지 모른다.

둘째는 주말이면 집에 왔다가 일요일 늦은 시각에 다시 일터로 돌아간다. 기차에서 내려 택시로 사오 분 거리, 집에 닿을 시간을 뻔히 짐작하면서도 잘 들어갔는지 궁금하다. 둘째는 나름대로 다음날을 준비하느라 까맣게 잊고 바쁘게 움직이고 있을 게다.

일 년에 몇 차례, 절기를 따라 원주사시는 여든셋 되신 이모님을 찾아뵙고 온다. 느린 운전으로 국도로 오느라 출발하여 세 시간 정도 걸려 집에 도착하는데 너더댓 시간 지나면 전화를 하신다. 매번 잘 왔다고 연락을 드려야지 하다가 도착하면 긴장이 풀리고, 옷 갈아입고 이것저것 점검을 하다보면 곧잘 잊어버린다.

어느덧 한 시 반을 넘고 있다. TV는 철지난 재방송을 하며 혼자 떠든다. 그저 무료함과 졸음을 쫓기 위한 수단이다. 삐그덕하고 대문 닫히는 소리 들리고 초인종소리와 함께 피곤한 모습으로 막내가 나타난다. 아내가 "늦었네, 얼른 올라가 자."하면 "예, 올라가 잘게요."하고는 저벅저벅 발소리를 내며 사라져 간다.

아이는 어쩌면 나와 아내가 예능

을 무척 좋아한다고 생각할지 모른다. 늦게 돌아오면 항상 틀어놓고 보는 것 같으니…. 막내가 올라가면 아내와 나는 곧바로 전원을 끄고 잠자리에 든다.


막내에게 네가 집에 들어올 때까지 우리가 잠잘 수 없으니 일찍 다니라고 하면 그럴 필요 없어요. 저 들어오는 거하고 상관없이 주무세요라고 대답할 게다. 그 말이 논리적으로 맞고 우리가 깨어있든 잠을 자든 막내의 귀가에 아무 차이가 없을 수 있다. 하지만 부모의 마음은 다르다. 자녀들이 다 들어온 걸 확인하고 자는 것과 들어온 것을 못 보고 잠자리에 드는 건 잠의 깊이와 질에 큰 차이가 난다.

　내가 어렸을 때, 부모님의 마음을 헤아리지 못 했듯, 아이들도 아직은 우리 마음을 깊이 알기 어려울 게다. 이 심리는 가족이 같은 공간에서 같은 일을 하며 대부분의 시간을 함께 보내던 농경 시대를 지나 산업화의 길을 걸어온 후로 부모들 심신에 새겨진 문화인자가 아닐까 싶다.

　막내도 가정을 이루고 자녀가 성장하여 귀가 시간이 늦어지면 그 문화인자가 자연히 발현되어 오늘의 내 심정을 이해하게 되는 날이 오리라.

# 생각
# 바꾸기

  정육코너였다. 서른 댓 되어 보이는 청년이 능숙한 솜씨로 고
기를 잘게 썰었다. 숙련돼 보이는 것이 꽤 오랜 세월 해온 솜씨 같
다. 아내가 청년을 향해 젊은 사람이 열심히 자기 일 하는 것을 보
니 존경스럽다고 했더니 감사하단다. 30년을 백수로 지내는 사람
을 옆에 두고 그런 말을 하느냐고 내가 화내는 척 했더니 아내는
이런저런 변명을 한다. 미안해야 할 사람은 난데 왜 아내가 변명
을 하는지 모르겠다.

  고루한 직업적 편견에 그 청년이 겪었을 힘든 순간이 눈에 보

이는 듯하다. 우리 사회에서 어느 부모가 자식이 그런 일을 한다고 할 때 선뜻 허락할 수 있었을까. 많은 이들이 선망하는 직종으로 가는 길에서 갈라설 때의 아픔도 있었을 게고, 그런 결정을 하기까지 숱하게 듣고 겪었을 피곤한 말들과 상황이 짐작이 된다. 자신에게 맞는 일을 성실하게 해나가면 모두에게 좋고 공동체에 기여하는 것인데, 왜 그토록 특정 직종에 목매고 서로를 힘들게 했던가. 청년이 다시 보인다.

텔레비전을 보다 깜짝깜짝 놀라곤 한다. 과일배달을 하는 청년도, 산업현장에서 막노동을 하는 사람도 노래를 무척 잘한다. 카메라와 마이크 그리고 많은 사람들 앞에서 어쩌면 저렇게 태연하고 당당하게 해낼 수 있을까. 에릭 호퍼는 "사람들이 하루에 여섯 시간만 일을 하고 그 다음에는 자신이 정말 좋아하는 일을 추구한다면 은퇴라는 것은 별 의미가 없을 것입니다."라고 말했다. 생계를 위한 직업과 별도로 자신이 정말 좋아하는 일을 평생 추구하라는 말이다. 그럴 수 있다면 얼마나 좋을까. 내가 원하는 삶의 환경을 위해 더 노력해 볼 일이다.

내 스스로 잘 풀리지 않는 목회자의 길에서 '흔들리지 않는 무능한 삶'으로 오래도록 버텨왔다고 생각하면서 자주 주눅 들곤 했었다. 잠자리에 누워 지난날을 돌아보았다. 경제적으로 별 도움이 못되었던 때가 생각처럼 길지 않았다. 또 큰 역할을 하지 못했다고 한들 이제 와서 무엇을 어떻게 할 수 있단 말인가. 아이들은 훌쩍 자라 성인이 되었고 나름대로 직장생활을 하고 있다. 언젠가 들은 말 가운데 돈이 안 되는 일이 정말 중요한 것이라는 얘기가 있었다. 말의 진위를 떠나 내게 큰 위로가 되었나 보다. 지금까지 기억하고 있다는 게 그 증거 아닌가. 쉽게 하는 말로 땅을 파자니 힘이 없고 빌어먹자니 부끄럽다는 표현이 내 심정을 그대로 나타낸다고 한동안 생각했다. 남들의 평균만큼도 할 수 있는 일이 별로 없었다. 이제 그 생각을 버리고 싶다. 현실은 달라지지 않는다 해도 나 자신의 자존감을 위해서라도 유능하다는 최면 혹은 자기 착각이라도 가지고 살아야겠다.

스스로 돌아보아도 참 허망하다. 내 나름으로 무언가를 쉬지 않고 노력하며 살아왔는데 이 땅을 살아가는 데는 별 도움이 되지 않는단다. 한마디로 헛 다리를 짚은 셈이다. 생각을 바꿔야지…. 다른 이들은 모두 헛 다리라 해도 나는 필요한 것을 준비해왔다고 자부할 것이다. 내가 왜 다른 이들의 기준과 평가에 맞추어 살아야 하는가. 이제까지 내 삶을 꿋꿋이 살아왔듯, 앞으로도 내 가치관을 따라 살아갈 것이다.

한동안 잘나가는 주변 사람들을 보면서 힘겨워한 적도 있었지만 이젠 나의 내면에 집중하면서 부정적이고 소극적인 생각들을 몰아내고 나만의 것들을 가꾸고 다듬어 그것들을 글로 드러내고 싶다. 긴 세월을 고치처럼 내 안에 갇혀 살아왔다면 앞으로는 고개를 내밀어 주변을 살펴보고 조금씩 고치를 벗어나 나를 이끄는 곳, 내가 가야할 방향으로 나비되어 날아가고 싶다.

니체의 책을 읽는다. 어쩌면 백삼십여 년 전에 그토록 대단한 생각을 하고 글로 표현해 책으로 남겨 놓았을까. 많은 것이 부족했던 시기에 쓴 니체의 책, 그 해설판을 읽으면서 내용마저 제대

로 이해하지 못하는 오늘의 내가 민망하다. 어쩌면 나를 향해 손
짓하는 듯한 니체를 이제까지 외면해 왔다. 니체 칸트 프로이드를
이해하지 못하고 어떻게 스스로를 단련한다고 할 수 있을까. 아직
넘어야 할 높은 산들이 여럿이다.

내 앞의 과제들을 잘 극복해, 단련된 눈으로 많은 것들을 보
고 나만의 목소리를 내고 싶다. 적은 재능으로 헤매어 온 오랜 세
월을 탓하지 않으련다. 내 삶의 세 토막 중 둘을 살아왔다면 나머
지 한 토막의 삶을 이대로 살라고 해도 불평 없이 뚜벅뚜벅 걸어
갈 것이다.

이후로는 나에 대한 생각을 바꾸어 보다 긍정적으로 자신을
표현하면서 스스로를 인정하리라. 오늘의 내가 있음이 혼자만의
애씀이나 안타까움의 결과가 아니라, 많은 주변 사람들과 가족 친
인척 유무형의 스승님들, 모든 분들의 도움과 가르침의 결집임을
안다.

정육코너의 청년은 나보다 앞서 스스로의 생각을 바꾸었을
까. 그가 당당하듯, 나도 내 생각을 바꾸어 내 삶에 당당하게 온몸
으로 맞서고 싶다.

# 태백산맥을 읽고 설움에 겨워
## - 혼돈의 시대를 산 이 땅의 민초들 -

긴 겨울 태백산맥을 읽고 있다. 오랫동안 밀린 숙제를 하듯이 마음으로 늘 벼르던 일을 하는 셈이다. 아직 전 과정을 독파하진 못했지만 7부 능선을 넘고 있다. 이야기가 무척 재미있어 몰입해 읽고 싶지만 중간 중간 해야 할 일들때문에 속도를 내지 못하고 있다.

그 시절로 빠져들면서 서글프고 화가 치밀어 오른다. 어쩌면 그토록 철저하게 시달림을 받으며 질긴 목숨을 이어가야 하는가. 주어진 한 생애를 인간답게 산다는 것은 어떤 것인가. 죽지 못하고 살아있다는 게 정말 다행인 건가. 그 꼴보기 싫은 인간들은 왜 죽지도 않고 여유를 부리고 살면서 징그러운 뱀들처럼 온몸을 조이며 지속적으로 민중들에게 모욕과 고통을 주는가.

태백산맥에서 인상적으로 다가오는 여인이 외서댁이다. 강동식의 아내로 결혼하여 아이들만 남겨둔 채 남편은 공산당이 되어 떠나고 혼자서 힘겹게 아이들을 키우며 험한 세상을 살아간다. 민중들이 살아가기에 만만한 시절이 언제는 있었을까만 일정시대도 어려움을 겪기는 마찬가지였다. 권력의 양지에 서는 이들, 재력으로 세상을 요리하는 이들, 완력(腕力)으로 주변을 평정하는 이들은 어디에나 한결같이 존재한다. 너무나 불평등해 보이고 부조리한 현실에 끓는 피를 가진 이들이 공산당으로 빠지고, 산으로 들어가고 그들은 국가세력 더 정확하게는 부조리한 현실의 공권력과 지주세력에 맞서게 된다.

해방이 되어도 그들에게는 절망감만 더할 뿐이다. 친일반민족세력은 척결되지 않고 토지개혁도 제대로 이루어지지 않는다. 일정 때에 득세했던 이들이 고스란히 미군정 하에도 그 자리를 차지하고, 자유선거를 치르고 대한민국이 되어도 여전하다. 오히려 서민들은 해방을 맞은 내 나라가 일정시대만 못하다고 느낀다. 그 시대적 혼돈의 소용돌이 속에서 몸과 마음에 극심한 고통을 당하는 것은 외서댁으로 대변되는 하층민들이다. 아주 짧은 기간 동안 공산당은 벌교 지역을 장악하고 증오와 질시의 대상이었던 경찰과 지주들을 처형한다.

하지만 그들이 쫓겨 가고 공권력이 다시 자리 잡자 공산당 가족들이 전 방위적으로 고초를 겪는다. 경찰과 군으로 상징되는 공권력에 의해, 그들에게 협조하는 깡패조직에 가까운 청년단에게 그리고 피해자 자녀들로 이루어진 멸공단(滅共團)에 의해 몇 번이고 수모와 곤욕을 치른다.

외서댁은 뒤숭숭한 혼란 속에서 청년단장이라는 개망나니 염상구에게 성적 폭행을 당한다. 염상구는 죄의식도 없고 가리는 것도 없는 뻔뻔함으로 지속적으로 그녀를 찾아가고 그녀는 남편에 대한 죄책감에 괴로워하며 이웃들의 눈을 의식한다. 지속적인 관계로 아이가 뱃속에 들어앉고 염상구는 청년단원들을 통해 그 사실을 퍼뜨린다. 외서댁은 수치심과 암담함에 저수지에 몸을 던지지만 구조되어 죽지도 못한다. 아이를 떼려고 온갖 노력을 해 봐도 이루어지지 않아 몸은 불러오고 사람들 만나기를 꺼려, 할 수 있는 일은 줄어든다. 엎친 데 덮친 격으로 시동생은 소작문제로 지주와 다투다 폭발한 감정으로 지주를 살해하고, 산으로 들어가 공산당에 합류한다.

외서댁에게 염씨 가문은 은원(恩怨)이 엉켜 있다. 형 염상진은 남편과 함께 온갖 어려움을 겪는 동지요 동정과 지지를 함께 받는 사상적 지도자고, 그 동생은 그녀를 성적으로 농락하고 괴롭혀 죽이고 싶은 대상이다. 지역민들은 폭력으로 자신들을 괴롭히는 그를 징그러워하고 두려워하면서 극도로 미워하고 싫어한다. 외서댁의 남편 강동식은 아내와의 사실을 인지하고 마을로 침입해 염상구를 처치하려 하지만 상처만을 입히고 오히려 자신이 염상구의 총에 죽임을 당한다.

아마도 벌교사람 대다수가 염상구의 사망소식을 들었으면 후련해 했을 텐데, 자애병원 전 원장은 자신도 그놈에게 어려움을 겪었으면서도 정성을 다해 그 버러지를 살려 놓는다. 산고 끝에 외서댁은 웬수의 자식을 낳고 친정어머니인 밤골댁은 핏덩이를 염상구의 에미인 호산댁에게 갖다 안긴다.

개망나니 염상구도 뒈질 뻔했다가 살아 뉘우친 게 있던지, 지처사(處事)와 제가 쏜 총에 강동식이 죽은 것이 못내 걸렸는지, 외서댁이 성치 못한 몸으로 퇴원하자 가장 먼저 찾아가 쌀 열가마를 준다. 그걸 받아야하는 그녀의 심정을 어떻게 표현할 수 있을까. 6·25가 터지자 좌익에서 전향한 이들로 조직한 보도연맹원들을 소집해 골짜기로 데려가 처형한 후 집단으로 매장한다. 인민군에 의해 벌교가 점령되자 거꾸로 우익에 깊이 관여했던 이들이나, 악질지주, 소작인들에게 원성을 산 마름들이 보복처럼 생명을 잃는다.

우리 민족 역사상 최대의 혼란과 고통의 시기에 이 땅에서 밑바닥의 삶을 살았던 시대의 민초(民草)들, 그들이 이 민족을 이어오는 뿌리이며 토양이고 주류(主流)이다. 그러나 그들의 몹시도 힘들었던 한 평생은 인간답게 산다는 게 무엇인가를 거듭 묻게 한다. 큰 키에 넉넉한 덩치 그리고 순한 눈을 가졌음직한 외서댁, 염상진 하대치 김범우 안창민 손승호 서민영 강동식 강동기 심재모 소화(素花) 이지숙 들몰댁 죽산댁 밤골댁, 벌교와 율어마을, 스산한 시장통과 자주 마주치는 작은 키 떡 벌어진 어깨에 찢어진 눈의 개망나니 염상구. 열심히, 양심을 따라 살아도 모난 돌이 정 맞는다고 몸과 마음이 고달팠던 시대. 그래도 그들에게서 오늘날보다 사람냄새가 더 물씬 풍겨나는 느낌을 지울 수 없다.

# 지혜로운 모습들

꽃밭이 썰렁하다. 화려했던 꽃들이 시들어 뽑아냈더니 몇몇 키 작은 꽃들이 바닥에서 반짝이고 있을 뿐 원색의 잔치는 끝이 났다. 한 해의 호시절이 가고 있는가. 이런저런 핑계로 몰아내고 또 계절이 바뀌면서 떠나버린 꽃들이 그립다. 봄여름 가을 철없이 피어나는 봉숭아와 꽃이 작고 끈질긴 채송화, 빛이 바래가는 백일홍과 함께 우리 꽃밭을 지키고 있는 거무스름하고 쭈글쭈글한 꽃이 과꽃이다.

며칠 전 쓸쓸히 꽃밭을 바라보는데 시들어 색이 바래고 모양이 뒤틀린 과꽃이 눈에 들어왔다. 한살이가 끝나가고 있었다. 지난 겨울에 아내가 이웃으로부터 씨를 받아와 심었는데 쉬이 싹이 트지 않았다. 이웃에게서 꽃씨를 선물 받아본 적이 없어서 잘 키워보고 싶은 것이 아내의 마음이었을 게다. 올해는 과꽃을 못 보는 것으로 체념하고 있을 때, 몇 포기의 과꽃이 눈에 띄었다. 햇볕이 따가워지면서 하얀 꽃잎이 호기심을 자극하며 봉우리를 뚫더니 마침내 눈부시게 피어났다. 그 자태를 보느라 며칠을 지내는 동안 다시 보라색으로 마술을 부려 눈을 뗄 수 없었다. 아내는 그 신비한 연보라색 꽃 몇 송이를 꽃씨를 선물한 이웃에게 다시 선물했다. 그 마음을 무어라 할 수 있을까. 자신이 준 씨앗이 꽃이 되어 다시 돌아왔을 때 이웃이 느꼈을 마음, 받은 씨앗을 심어 피운 꽃을 들고 찾아가는 아내의 들뜨고 상기된 표정을 보지 않아도 짐작할 수 있다.

그런 사연을 가진 과꽃도 뜨거운 햇살을 지나치게 맞은 탓인지 조금씩 생기를 잃어갔다. 햇볕은 강한 파괴력이 있다. 생생한 원색을 바래게 하고 탱탱한 피부에 주름을 안기고 흰 살결을 검게 만든다. 옆에서 다정하게 살아가던 백일홍을 추레하게 만들더니 과꽃도 그 운명을 피하지 못했다. 그들을 뽑아내려다 과꽃의 씨를 받아야겠다고 하던 아내의 말이 생각났다. 씨를 챙겨두려면 완전히 여물 때까지 두어야 할 것 같았다. 그 후줄근한 모습을 며칠 더 바라보니 친숙하고 대견했다. 싱싱한 젊음을 잃고 무거운 꽃씨와 잎과 꽃받침을 지탱하기가 쉽지 않을 텐데 온힘을 다해 버티는 듯하다. 그 모습이 거룩한 과업을 수행하는 수도자처럼 보인다.

그 후줄근함과 쭈글쭈글함 그리고 배배틀어진 거무스름함 속에 생명의 씨앗이 들어있다. 후대를 이어갈 성숙한 생명은 아름다움을 지나고 젊음을 넘어 완숙의 경지에 이르러야 도달하고 간직할 수 있는 것인가 보다. 그때가 되면 세상의 이치를 알고 자신이 대단치 않다는 것을 깨달아 겸손한 색과 모양으로 바뀌는 것은 아닐까. 풀과 나무, 동물이나 사람도 빳빳하게 자기가 살아서는 남을 위해 쓰임 받을 수 없다. 자아가 죽어야하고 풀이 죽어야 한다. 풀이 죽고 자아가 꺾이는 과정이 그들에게 얼마나 고통스러울까. 모든 일에 힘을 넣는 일보다 빼는 일이 더 어렵고 중요하다. 힘이 빠지고 풀이 죽고 겸손해진 모습이 남들이 보기에는 불쌍하고 처량해도 본인들에게는 오히려 여유롭고 편안하지 않을까.

추레하고 말라서 거무스름한 모습은 지혜로운 이들만이 찾아낼 수 있는 생명을 간직한 형상이요 가득 담긴 지혜주머니 같은 모습이다. 살아있는 존재들은 어릴 때는 귀엽고 젊어서는 아름답다. 그러나 완숙기에 접어든 생명들은 평생에 터득한 지혜를 간직한 거룩한 모습이 된다. 그 지혜 속에 생명의 씨앗들이 감추어져 있다.

인류는 오랜 경험을 통하여 나무와 풀의 열매를 가장 맛있는 때에 거두는 것을 익혔고 후대까지 지속적으로 생명을 전해줄 씨앗들에게는 그 후로도 더 시간이 필요하다는 것을 알게 되었다.

지난날의 경험을 무로 돌리지 않으려면 힘을 뺀, 겸손의 모습을 한 이들의 가치를 충분히 이해하고 온전히 활용해야 한다. 그들에게는 싱싱함과 아름다움 그리고 힘을 능가하는 한살이를 통해 쌓아온 숙성된 지혜가 있다.

꽃밭에 깊어가는 가을 햇살이 쏟아지고 있다. 한해의 막바지 축복인양 부어지는 햇볕에 나지막이 자라는 풀들이 일광욕을 즐기고 있다. 씨를 품은 거무스름한 과꽃과 백일홍들은 더욱 추레해져 간다. 바람과 햇볕을 견디는 그들의 인내가 숭고해 보인다. 생명과 지혜는 속성으로 얻어지지 않는가 보다. 하루하루 그들을 대하는 내 시선이 순해진다. 저들은 자신들의 분신인 후손들과 함께 하거나 볼 수 없어도 나는 그들의 귀엽고 아름다우며 지혜로운 모습들을 볼 것이다. 이제 쓸쓸한 꽃밭에서 행해지는 내년을 향한 지혜로운 마무리를 보면서 저들의 후손의 후손을 그리며 내게도 지혜가 생겨나고 쌓일 날을 여유롭게 기다리리라.

# 비행기고문 拷問

　벌서 오랜 시간이 흐른 것 같은 데, 아직도 여섯 시간을 더 가야 한단다. 딸이 많으면 비행기를 자주 탄다고 했지만 내 경험은 30여 년 전에 제주도 한 번 간 것이 고작이었다. 아이들이 더 늦기 전에 가족여행을 가보자고 성화여서 여권을 냈다. 아내는 전혀 비행기를 타본 적이 없었다. 비행기 탔다가 멀미를 하면 내릴 수도 없고 큰일이니 시험을 한번 해보기로 하고 오후에 갔다가 이튿날 오전에 돌아오는 그야말로 시승을 해보았다. 짧은 시간 비행기는 별 문제가 없었다.

　하지만 인천서 파리까지는 청주에서 제주와는 사뭇 달랐다. 기차나 버스를 타도 열두 시간은 견디기에 만만한 시간이 아니다.

아무런 준비 없이 오른 에어프랑스는 너무 벅찼다. 바깥 경치를 구경하는 것도 잠깐이지, 고도가 만 미터가 넘으니 아래가 보이지 않고 창가 자리가 아니니 욕심을 낼 수도 없다. 어딘가 바다 위를 지나는 것 같은데 그 이상의 정보는 찾기 어렵다. 잠을 자려하니 정신이 더 말짱해지는 듯 하고 의자 앞의 영상을 보려 해도 다른 이들 것은 화려 찬란한데 내 것은 조작이 서투르니 쉽지 않다. 스크린에 뜨는 남은 비행시간과 거리만 자주 보게 된다.

시간을 보내려 책을 읽다 긴 시간이 지난듯해 화면을 보면 5분도 되지 않았다. 그래도 여섯 시간여 지난 것이 신기하다. 옆자리 청년이 말을 걸어왔다. 호주에서 직장생활을 하고 있는데 학교를 마치려 한국에 나왔단다. 호주가 얼마나 살만한가를 열심히 이야기한다. 그래도 외로움은 어쩔 수 없어 고국이 그리울 때가 많다고 했다. 사회보장이 잘 되어있고 경쟁이 심하지 않아 결혼하면 자녀들도 호주에서 살도록 권하고 싶단다. 청년과의 대화를 마쳐도 10여 분 밖에 지나지 않았다. 어떻게 된 것이 시속 1,000km 전후로 쉭쉭거리며 날아가도 거리가 좁혀지는 것 같지 않고 영상 속 비행기는 늘 제자리에 멈춰있는 듯하다.

비행시간이 길다 보니 참는데 한계가 있어 작은 일을 보러 갔다. 비행기 뒷부분이다. 생전 흔들리는 곳에서 일을 본 경험이 없어서인지 내 몸이 너무 예민한 탓인지 어렵다. 게다가 내가 하늘 높이 떠있다는 생각을 하니 두렵다. 창문을 열거나 밖으로 나갈 수 없는 비행기는 감옥이다. 무턱대고 버틸 수밖에 없는 이 난처

한 상황을 어찌해야 하는가.

　자리에 돌아와서도 비행기의 흔들림을 느끼며 내 몸이 그저 잘 견뎌주기만을 바랄뿐이다. 느릿느릿 이지만 시간은 흐르고 이제 네 시간 가량이 남았음을 확인한다. 그런대로 견디던 아내는 어느 순간부터 창문에 머리를 박고 있다. 아무런 준비 없이 타기만 하면 목적지까지 가는 줄 알았으니 무경험자들의 용감함이 빛

오랜 비행으로 지친 아내 모습

은 큰 사건인 셈이다.

　승무원들은 수시로 통로를 돌며 먹을 것을 가져다준다. 편한 것이 애플주스니 그것 한 가지만 요청한다. 별다른 움직임 없이 자리에 앉아 있자니 더부룩해 식사는 할 수 없다. 많은 이들이 비행기 승무원을 선망하지만 그렇지도 않은 듯하다. 일상이 되면 익숙해진다지만 나라면 못하겠다. 대단하다. 하늘에 떠서 그 오랜 시간을 어떻게 살아낼까. 일제는 독립투사들에게 비행기고문을 했다. 지상에서 온몸이 떠있다는 것과 그들의 폭력에 저항할 수

없음이 얼마나 힘겨웠을까. 잔인한 그놈들은 사람을 공중에 매달 아놓고 태연히 농담을 하고 아무렇지 않게 일상의 일과를 행했을 것이다. 세계를 무대로 일하는 이들은 지구촌을 안방처럼 자기 마당처럼 다닌다는데 나는 그런 인물이 될 기질이 없나 보다. 겨우 한번 타는 것이 이렇게 힘겨우니 알아볼만하다.

　　나 혼자만 예민하게 느끼는 것인지 시간이 지날수록 기내 공기가 탁해지는 것 같다. 음식냄새와 승객들의 호흡과 생리적인 가스배출로 혼탁해졌을 게다. 때때로 고도를 높이고 낮출 때와 좌우로 흔들리는 순간을 견디기가 수월치 않다. 나와 아내외의 승객들은 너무도 태연하고 자연스러워 보인다. 누가 정상인 것인지 모르겠다.

　　마침내 착륙을 위해 안전벨트를 착용하라는 안내 방송이 흐른다. 아직도 30분 넘게 남았다고 화면은 보여주지만 안도의 한숨이 나온다. 이 고문의 끝이 보이는 것이 얼마나 감사한가. 창문에 머리를 박고 있던 아내가 끝내 버티지 못하고 뛰어나간다. 승무원들은 자리에서 움직이지 말라고 하는데 더 이상 참을 수가 없는 모양이다. 구토를 하고 난후 아내는 심란한 얼굴이다.


　　이제 착륙이다. 비행기바퀴가 땅에 닿는 것을 느낀다. 땅이 반갑고 긴 시간 안전하게 비행을 해준 조종사와 승무원들이 고맙다. 지친 몸으로 파리에 내리니, 정오쯤 인천을 떠나 열두 시간을 날아왔는데 오후 네 시가 조금 넘었을 뿐이다. 한국과 여덟 시간 시차가 실감난다. 다시 수속을 하고 또 비행기를 탄단다. 두 시간

남짓 걸리는 바르셀로나가 오늘의 최종 목적지다. 여행 초반부터
이렇게 지치면 언제까지 버틸 수 있을지 걱정이다. 다른 수가 없
으니 한 번 더 고문을 당하는 수밖에….

# 2. 재주 없이 살기 :

행복하고도 서글픈

선물(旋物)

서걱대는 댓잎들

장미지다

긴 하루

미리 쓰는 유서

다치(多癡)의 위안

잊었단 말인가 나를

허방 치기

늘 미안한 맏딸에게

세월을 이기는 비결

# 행복하고도
# 서글픈

　다른 이들의 글을 읽으면 마음의 현이 떨리면서 따뜻한 감동
이 인다. 삶 가운데 씨줄과 날줄 같이 엇갈리는 역사 철학 심리 음
악과 영화에 이르기까지의 다양한 상식들과 전후좌우와 위아래를
아우르는 관찰과 직관이 있다. 더하여 천의무봉(天衣無縫)한 마름
질을 보면 그저 행복할 뿐이다. 글을 읽다 다시 속표지의 사진을
보고 나이를 짐작해 본다. 나보다 많지 않은 것 같다. 마음 한구석
에 서글픔이 고인다.

　그들의 글을 밀쳐두고 내 글을 읽어본다. 쉽지가 않다. 스스

로 보기에도 격(格)이 다르다. 거대한 산맥 같은 그들과 아직 구릉도 되지 못하고 평지에 머무는 내 글을 어찌 비교할 수 있는가. 그들은 어떤 삶을 살아왔을까. 도대체 무슨 과정을 어떻게 거쳐서 저런 글들을 만들어낼 수 있는가. 다시 그들의 이력을 훑어본다. 대략 글쓰기를 십오 년, 이십 년 해 온 이들이다. 캄캄한 굴속을 손으로 더듬듯 지내왔을 세월도 적지 않았으리라. 저들도 왜 글이 써지지 않는지 머리를 쥐어뜯고, 써 놓은 글이 마음에 들지 않아 지우고 다시 쓰기를 여러 번 했을 것이다. 반지르르하고 매끈한 완성품들만 공개해서 그렇지 빛을 보지 못한 더 많은 글들이 있을 듯하다. 글 속에서 언뜻언뜻 비치는 폭넓은 지식들이 그들이 치렀을 각고의 노력을 보여준다. 삶에서 캐내는 빛나는 의미들은 어떤 수고의 열매들일까. 늦가을 높푸른 하늘을 배경으로 감나무에 매달린 발간 감만 보고 비바람 서리와 천둥 번개를 생각하지 않는 것과 같지 않을까.

그들의 글에 드러나는 노고와 고통을 보며 내 삶을 생각하니 갑자기 내 삼·사십 대가 사라져 버린 느낌이다. 어디서 무엇을 하며 빛나야 할 그 세월을 보냈던가. 주변과 격리된 채 자신에게 매몰되어 은둔의 세월을 살 듯 지내왔다. 그러다보니 문화가 뒤쳐지고 반작용으로 세상에 대한 무시도 있었다. 도시 속에서 달팽이처럼 살면서 혼자 죽림칠현이 되기를 꿈꾸었다. 한 때는 성경에 몰입해 많은 시간을 쏟아 부었다. 좋은 스승을 만났으면 꽤 진보를 이루었을 터인데, 혼자 가는 길은 외롭고 아득하기만 할뿐 출발점에서 몇 걸음 나아가지 못했다. 변명을 거두면 자신의 부족을 탓할 수밖에 없다. 조금 더 원인을 찾자면 대학생활에 있지 않았을까 싶다. 흡인력 강한 그 시기에 새롭고 매력적인 많은 것을 접했어야 했는데 무사안일 속에서 살아왔다. 그 결과 연구의 틀이 엉성하고 자극을 받아들임에 무뎌 신선한 것을 찾는 눈이 빈약하다.

한 때 큰 곳으로 가서 더 넓은 시야를 가진 사람이 되었다면 하고 바라기도 했었다. 가정의 경제사정도 있었지만 그분이 원하시면 그런 것은 문제되지 않는다. 최근에 찾아낸 답은 내 성장배경과 기질에 있었다. 그런 곳에서 청년의 때를 살았다면 시대적 특성상 이념서클에 들어가 정의감으로 포장된 편향된 지식에 파묻혔을 것이다. 자신의 가난이 지배자들과 유산계급에 따른 구조적 모순이라고 이해하여 한두 번 시위에 참여했을 것이다. 시위에 따른 어려움을 당하고는 비관론자나 염세주의자가 되었으리라. 예술과 문학적 감각이 약하니 그것들과 무관하고 기술과 완력이 없으니 집에 틀어박혀 외톨이 같은 삶을 살고 있을 듯하다.

아쉬운 것은 종횡으로, 통시적으로 지식을 섭렵해 두었어야 할 시절을 허송한 것이다. 배우는 데에는 시기가 따로 없다는 말을 신봉하며 살지만 이제와 새로 채우려하니 효율성이 떨어지고 많은 번잡한 일들이 몰입을 막는다. 이 빈틈들을 무슨 수로 메우고 메마른 감정을 풍요케 할 수 있을까. 노력은 하겠지만 그 일에 매달리다 보면 글쓰기는 더 힘들어질 것도 같다. 이 길에 모범답

안이 있을까. 만점에 이르지 못하는 글들은 감동을 주지 못하는 걸까. 완벽한 글은 나 같은 독자들에게 현격한 거리감을 주지는 않으려나. 많은 이들이 맛있는 요리를 만들지는 못하지만 그 맛을 알아내고 찾아가는 것과 같은 이치려나. 부질없는 일이다. 어떤 경우에도 해결책은 크게 다르지 않다. 끊임없이 노력하며 내 길을 가는 거다. 좋은 글들을 많이 읽으며 사고의 폭을 넓히고 꾸준히 쓰는 것이다.

평지에 머물러 산 정상에 오른 이들을 부러워할 게 아니라 한 걸음씩 그치지 않고 내딛는 것이다. 서글프면 서글픈 대로 덤덤하면 또 그렇게, 쉬지 않고 가다보면 정상으로 향하는 비탈길을 오르는 자신을 보게 될 것이다. 정상에 오르지 못하면 어떤가. 정상에 머무는 시간은 짧고 그곳은 더욱이 바람 불고 외로운 곳이다. 서둘러 정상에 오르면 그 후로는 내려와야 한다. 차라리 천천히 올라가자. 정상까지 가지 못하면 끝까지 올라가는 길을 가다가 삶을 마치는 게다. 평생 가는 길, 남의 글 보면서 행복에 잠기기도 하고 내 글에 서글퍼도 하면서 쉬지 말고 꾸준히 갈 때까지 가보자.

# 선물 旋物

　현대인들에게 명절은 어떤 의미일까. 휴가와 고향 그리고 선물. 명절을 쇠는데 빠지기 어려운 것이 선물이요 돈이다. 이 땅에 경제적으로 여유로운 이들이 얼마나 될까. 가질수록 부족하다고 한탄이요 가진 것 없는 이들이 오히려 마음 편하게 사는 것이 돈인지도 모른다.

　작은 교회 목회자로 살아온 30여 년의 삶에서 명절이 늘 반가운 것만은 아니었다. 내가 워낙 둔감하다보니 그런 일이 늘 아내의 몫이 될 수밖에 없어 더욱 미안하다. 그때그때 편안한 이들과 주고받는 선물이 그저 서로 잊지 않고 있음을 표현하는 금액과는 무관한 것인데도 쉽지 않다. 명절마다 되풀이되는 행사로 신경이 쓰인다.

올해도 설이 다가왔다. 경기가 얼마나 어려운지 선물을 주고 받는 일이 더욱 적다. 들어온 선물 서너 개를 다시 돌린다. 그러니 선물(旋物)이다. 과일을 조금 사서 한 곳에 갔더니 전기청소기가 필요하지 않느냐고 한다. 갖고 있는 두 개 중에 더 좋은 것을 주느라 마음을 쓰는 것이 도리어 미안하다. 목회자들끼리는 서로의 형편을 빤히 알아서 한 곳서 불필요하다고 광고하면 필요한 곳에서 가져다 쓰기도 한다. 또 다른 곳에서는 작은 선물과 건강음료를 서로 바꾸어 왔다. 목회자의 삶이 세상 이권(利權)과 거리가 머니 선물에 대한 갈등이 없고, 선물의 진정한 의미를 새길 수 있다. 무엇인가를 기대하며 주고받지도 않고 받았다고 반드시 주어야하는 것도 아니다.

우리 집은 언제부턴가 서로 한마디도 하지 않았지만 선물 보관소가 있다. 비어있는 때가 다반사(茶飯事)지만 작은 것이라도 생기면 그곳에 담아두는 눈치다. 무엇인가 그곳에 머물면 누군가 주고 싶은 이가 생겨난다.

선물은 값이 나가지 않고 꼭 요긴한 것이 아니어도 서로를 즐겁게 하고 존중받는 느낌을 주는 것 같아 좋다. 큰 것이 아니니 언제 누구에게 주어도 부담이 없고 받는 이도 편하다. 정거장의 대합실처럼 잠깐 머물다 필요한 곳으로 가니 빙글빙글 도는 것이어서 선물(旋物)이다. 자칫 실수하면 선물을 준 이가 다른 데로 간

것을 알 수 있을 지도 모른다. 그래도 나는 떳떳하다. 받고난 다음에 어떻게 하든 그것은 내 선택이니까.

　돌아야 돈이듯이, 선물이 돈다고 해서 시비(是非)꺼리가 되지 않으리라는 것이 내 생각이다. 우리가 한 작은 선물도 이리저리 돌아다니려나. 그러면 더욱 선물(膳物)은 선물(旋物)이 될 것이다.

# 서걱대는
# 댓잎들

유리 창문을 열면 서걱거리는 댓잎소리를 들을 수 있다. 방에서 일어나면 흔들리는 길쭉한 댓잎이 보인다. 가지 끝 잎들은 누런빛이 돌아도 그 아래 잎들은 푸른색이 돈다.

어느 날 아내가 말했다. 집 풍경이 너무 삭막하다고. 살아가는 모습이 주변에 적나라하게 드러나지 않게, 조금은 가려지면 좋겠단다. 며칠을 궁리하다 찾아낸 것이 몇 그루라도 대나무를 심자는 것이었다.

내판과 부강 사이 어느 가정집 뒤뜰에 푸르고 무성하게 대나

멋있는 대나무 숲 풍경

무가 자라고 있었다. 대문이 없는 그 집 방문 앞에 서서 "계시냐?"
고 몇 번 부르니 연만하신 할머니 한 분이 나오셨다. 아내 이야기
를 듣고는 뒤뜰로 우리를 이끌어 몇 그루 캐가기를 허락해 주셨
다. 장갑을 끼고 삽으로 대나무를 캐내는 일이 힘겨웠다. 뿌리를
깊게 내려서 마치 집 떠나지 않으려는 것들을 억지로 데려오는 것
같았다.

집 앞뒤에 블록을 몇 장 들어내고 좁지만 그들이 살아갈 새
터전을 만들어 주었다. 미안했다. 아무 탈 없이 잘 자라고 있는 것

을, 가족과 고향을 등지고 더 열악하고 척박한 곳으로 옮겨온 셈이다. 나는 그 일을 하고는 며칠을 힘들어하며 지냈다. 아내는 때때로 물을 주었고, 가끔 비가 내렸다.

대나무에 자주 눈이 가는 동안에도 봄은 말없이 깊어갔다. 옮겨 심은 대나무 중에 몇 그루는 이파리가 말라 누렇게 변해가고 있었다. 토양이 맞지 않는지, 거름이 적은지, 거주지를 옮긴 것을 견디지 못하고 죽어갔다.

확실히 죽은 것들을 뽑아냈다. 그들도 엄연한 생명체였는데, 푸르고 싱싱하게 살아가던 그들을, 제대로 기를 줄도 모르면서 욕심만 앞서 못할 일을 한 셈이다. 쉽게 생각하고 한 일이 생명을 잃은 그들에게는 만행에 가까운 폭거였지 싶다.

반 정도가 살아남아 집의 한 부분을 푸르고 운치 있게 해주고 있다. 주변 야산을 산책하다 아파트 사이로 난 길을 따라 집으로 왔다. 한 곳을 지날 때 대나무들이 눈길을 잡아끌었다. 집에 옮겨다 심은 것들과는 품격이 다른 연녹색 잎들이 달린, 곧게 뻗은 대나무들이었다. 마음을 주니 이곳저곳에 대나무들이 보인다. 대학병원 맞은편 방송대 오르는 길목과, 한 시립도서관 언덕에서 마음에 드는 대나무들을 볼 수 있었다.

조선의 문호 윤선도가 지은 오우가에 대나무를 노래한 부분이 있고, 선비들이 사군자를 꼽을 때에 매화, 난초, 국화와 함께 대나무가 들어간다. 그런가하면 곧게 자라고, 반듯이 갈라지는 모습에서 선비의 올곧은 성격을 표현하기도 했다. 자주 보아오던 담양의 대나무 사진에서 늘씬하고 보기 좋은 형상으로만 기억했는데, 우리 집에 옮겨 심은 대나무는 그렇지 못하다. 나무라기보다 풀 같고, 줄기도 내 새끼손가락보다 가늘다. 곧기보다 낭창낭창 바람에 흔들리고 댓잎은 푸르기보다 누렇다. 먼저 살던 곳에서 보던 싱싱함을 잃고 천덕꾸러기 신세로 힘을 잃어가는 모습이 애처롭다. 잘 기를 수 있는 능력이 없으면 가져오지 말았어야 했는데, 후회가 밀려온다.

같은 대나무면서 내 기대에 어긋나 사랑받지 못하는, 집 떠나온 저들을 보며 내 신세가 자꾸만 돌아보아 지는 것은 무슨 까닭인가. 남들이 기대를 걸만한 이름만 가지고 있을 뿐, 관계된 어느 영역에서도 이렇다 할 열매가 없다. 무언가 놀지 않고 하는 것 같은데, 결과가 미미하니 스스로도 민망하다. 함께 출발한 이들을 바라보면 그들은 저만큼 앞서 달려가고 있으니 부끄러움에 얼굴이 붉어진다.

그래도 혼자 위안하기는 내 능력대로 천천히 가는 중이라고 여기는 것이다. 이 세상은 잘 나가는 이들만 사는 곳이 아니라 오히려 잘 안 되어 마음 아파하는 이들이 더 많은 것 같다. 안타까워하면서 힘겹게 사는 나도 그들 중 하나일 것이다. 눈에 보이는 성과가 좀 없으면 어떻고, 모두가 보기에 좀 떳떳하지 못하면 어떤가? 무언가 내 자리에서 끊임없이 하고 있다는 것이 의미 있는 일이지. 잘난 사람들이 많은 것 같지만, 눈에 띄지 않는 이들이 더 많은 세상에서, 그 무리에 끼어서 갈 데까지 함께 가는 거다.

　이곳에서 제대로 대우받지 못하고 삶을 마친 나무들, 그런 열악함 속에서도 살아남은 몇 그루의 대나무들을 본다. 그들의 앞날이 어떨지 모른다. 나를 지금까지 이 땅에 머물게 한 그분의 뜻도 비슷하지 않을까.

　그들이 자신들과 세상을 탓하지 않고 서로 어울려 바람에 서걱대며 살아가듯, 나도 때로는 그렇게 바람에 흔들리며 서걱거리며 내 노래를 부르며 이 땅의 삶을 마치는 그날까지 살고 싶다.

# 장미지다

집 앞 아파트단지 담 위에 피었던 커다란 장미꽃들이 시들어 떨어졌다. 몇 안 되는 장미 송이만 가지에 후줄근한 모습으로 매달려 있다. 바닥에 흩어진 꽃잎들이 처참하다. 흩뿌려진 꽃비 같기도 하고 담 따라 바닥으로 피가 흐르는 것 같기도 하다. 미추(美醜)의 구분이 확연해서 소담한 꽃송이와 고운 빛이 아름답더니 이제는 쪼그라진 모습과 빛바랜 채 남겨진 꽃잎 몇 장이 애처로워 보인다.

꽃잎들이 지고 초라하게 남은 장미의 마음은 어떨까. 서글픔과 자괴감이 들 수도 있겠다. 많은 동료들이 꽃병 가운데 꽂히고 꽃다발의 중심이 되어 뭇사람들의 찬사를 받다가, 시들해지면 깔끔하게 처리되는 이야기를 듣고 자신도 추한 뒷모습을 보이지 말자고 다짐을 했으리라. 하지만 그 멋있어 보이는 친구들이 겪었을 어려움을 담 위의 장미가 알려나. 집단으로 자라나 어느 날 허리가 싹둑 잘리고 화원으로 옮겨져 또 다시 이파리와 가시들이 줄어들고 송이와 다발로 포장되어 여러 번 거처를 옮기다 쓰레기로 생명을 마감하는 슬픔을…. 시원한 공기 마시고 불어오는 바람에 하나씩 꽃잎을 내 주며 오가는 이들과 눈 맞추다 천수(天壽)를 누리고 생을 마감하는 것도 흔치 않은 행복이 아닌가.

담 위의 장미는 자신의 거처(居處)가 부끄럽지는 않았을까. 친구들은 즐거운 연회장이나 축하받고 축하하는 곳에 또는 사랑받는 이의 침실에 있는데, 자신은 밖으로 내 몰려 바람 부는 벌판에 외따로 버려진 느낌은 아니었을까. 친구들은 중심지에 자신은 변방에 있다는 생각에 지나는 이들의 눈길과 탄성이 연민과 동정으로 여겨지던 때도 있었을 듯하다. 아무도 자신을 택하지 않고 코앞에서 찬사를 표현하지 않을 때, 누구도 자신의 향기를 맡지 않고 입 맞추지 않을 때, 자신은 장미가 아닌지도 모른다고 생각했을 수 있다. 두 삶을 모두 살아볼 수는 없는 법. 짧은 시간 몇 사람에게 사랑받고 아름다움을 보여주는 것도 좋지만 오랜 세월 오가는 많은 이들에게 기쁨과 즐거움을 주고 그들의 눈길과 사랑을 누리는 것도 큰 즐거움일 수 있다.

다른 친구들은 여전히 앳된 모습으로 사람들의 사랑을 받으며 제 철을 넘어 한없이 사는데 자신만 시들어 생을 마감하는 슬픈 운명이라 여기지 않으려나. 제 철을 사는 것이 자연의 순리(順理)이고, 철을 벗어남은 과욕이 아닐까. 제 철을 벗어나 사는 것은 스스로를 위한 것이 아니라 인간중심의 재배일 뿐이다. 한없이 산다는 것이 행복일까. 그러한 욕망이 조화(造花)를 만든다. 생명이

떨어지기 얼마 전 장미꽃 모습

없는 사랑은 곧 시들해지고 그들은 사람들의 눈길을 한 순간 잡아끌 수 있지만 얼마못가 많은 이들로부터 외면당한다.

생명은 스러지는 것도 아름다움이다. 언제나 볼 수 있다면 그리움이 생길까. 항상 존재한다면 아쉬울 리 없지. 아쉬움과 그리움이 없는 것을 사랑이나 행복이라 할 수 있을까. 사라져야 하니 함께 하는 동안이 귀하고 애틋하다. 스스로의 존귀함을 위해서도 사라짐이 필요하다.

집 앞에 아파트 담 위 장미들이 지고 있다. 자연의 순리를 따라 꽃잎들이 바닥으로 지고, 꽃은 시들어 작아지고 색은 흐릿해져 추레해가고 있다. 친구여, 그대의 때에 스러져 가라. 굳이 처량한 모습으로 이 땅에 남음이 모두에게 덕스러움이 아니니 과욕을 거두고 꽃잎들로 지게 하라. 마지막 한 잎까지 마침내 장미의 대궁에 물이 마르고 생을 마감하는 모습도 자연스런 삶의 한 부분이니 슬퍼할 일이 아니다. 마지막 순간 마지막 숨결까지 즐거움으로 행복에 겨워하라. 고통까지도 살아있음의 한 모습이니. 담 위의 꽃이 땅에서 사라지면 내 마음에 다시 살아나리라. 마음속 장미의 모습은 소담하고 화려한 절정기의 형상이다. 그 형상을 품고 그리움과 아쉬움으로 한 해를 기다리며 살리니…. 이 길을 오갔던 이들을 기쁘게 하고 내게 그리움을 줄 장미여, 남아 있는 몇 안 되는 꽃잎들을 미련 없이 지게 하라. 그때에 나는 마음에 그리움과 쓸쓸함을 가지리라.

　　집 앞 아파트 담 위 소담한 장미들이 이제 거의 다 졌다.

# 긴 하루

아침에 타고 간 고속열차를 다시 타고 온다. 이 기차가 운행된 게 10년이 넘었는데 처음으로 타보았다. 아침에는 신기하고 볼 게 많더니 어둠이 내려앉고 피곤하니 귀찮기만 하다. 일 년여 전부터 오늘을 이야기했지만 먼 일로만 여겼더니 마침내 그 긴 하루가 저물고 있다. 다른 이들 하는 걸 보면서 힘들거나 어려운 일이 아니려니 했더니 그게 아니다. 많이 긴장한 하루였나 보다.

사진을 찍고 하객들이 돌아가고 몇몇 만 식당에 남아 늦은 점심을 들고 있다. 사돈어른이 함께 올라가 식사를 하잔다. 상견

례 때 만나고 두 번째 이니 임의롭거나 편하지 못하다. 서로 무슨 이야기를 했는지 모르겠다. 예매한 차 시간에 맞추어 출발을 했지만 허둥대다 다음 차를 타야했다.

어둠이 내린 차안에서 예식의 끝부분 영상이 떠오른다. "엄마 아빠께"라는, 우리의 옛 앨범에서 찾아낸 사진으로부터 자신의 현재모습과 각오를 담아 고마움을 표현한 짧은 분량이었다. 어릴 적 모습에서 눈물이 핑 돌았다. 어려운 형편에 이렇다 할 관광지를 가보거나 휴가도 없이 자연을 접하지도 못한 채, 좁은 시장 골목에서만 살게 한 것이 한스러웠다. 그 생활을 그러려니 하고 불평 없이 견뎌준 아이가 고마울 뿐이다. 집에서 가깝다는 이유로 같은 초중고를 다니고, 대학도 선택의 여지없이 학비가 싼 곳을 택했다. 그런 과정을 지켜보며 내 자신의 무능이 싫었다.

언젠가는 독립을 하는 것이지만(어쩌면 사춘기가 적기일지 모르나) 양가부모에게 인사를 하는 순서에서 흐르는 눈물을 보이지 않으려 천정을 볼 수밖에 없었다. 이제까지 자라온 집을 떠나간다는, 독립을 선언하는 작별인사를 받는 마음이다. 백여 년 전만해도 딸이 한번 출가하면 평생에 몇 번이나 친정에 올 수 있었을까. 고된 시집살이에 남몰래 눈물지으며 얼마나 자라난 집을 그리워했을까. 우리 집과 20여 분 거리에 살림집을 준비했으니, 서로의 독립을 위해 이제는 어쩌면 우리 부부가 더욱 애써야 할 것만 같다.

그동안 직장생활을 하면서 주말에 집을 오갈 때면, 일이 많아 고생하는 게 안쓰러웠는데…, 적은 나이가 아닌데도 독립하는 딸에게 걱정이 앞선다. 앞날을 잘 헤쳐가리라 믿는다. 남들은 모든 게 순탄하리라 말하지만, 나는 잘되기만 하는 삶은 없다고 생각한다. 긴 인생에 어찌 바람 불고 비 내리고 따가운 햇볕 내리쬐는 날이 찾아오지 않으랴. 따뜻한 봄날이 한없이 이어진다면 그게 오히려 이상한 게다. 둘의 융통성과 연마한 지식, 그리고 든든한 믿음이 어려움을 이기고 위기를 넘어갈 큰 자산일 게다.

네가 선택을 했으니 좋은 사람일 것을 넉넉히 믿는다. 한동안 지켜보니 그만하면 여러모로 두루 갖춘 배필이라 여겨진다. 서로 완벽하기를 기대하지 마라. 부족과 아쉬움을 그때그때 대화로 채우고 달래, 불만이 쌓이지 않게 하는 게 현명하지 싶다. 많은 시행착오를 겪을 게다. 편법으로 쉽게 넘으려 하지 말고 서로의 사랑과 노력으로 정면 돌파하면 좋겠다. 인사를 하는 너희를 안아주시던 시가 분들이 얼마나 열심히 살아왔는가를 들어 알고 있다. 그분들의 기대에 지나치게 어긋나지 않기를 바란다.

아침 일곱 시도 못 되어 신부화장을 하러 일찍 떠나는 딸아이를 보내며, 삶 자체가 만만하지 않다는 걸 스스로 알았으면 했다. 직장을 얻기 위한 시험에 실패한 경험이 있으니 인생이 생각처럼 되지 않는다는 걸 알았을 게다. 한 가정을 이루는 것이 간단하지 않다. 나도 처음에는 모든 것에 자신만만했는데 이제는 아무 것도 쉬운 게 없다는 걸 안다. 어린 시절에는 휘파람 불며 느긋하게 살 수 있을 것 같더니 나이가 들으니 온 힘을 다해도 어렵다는 걸 깨닫게 되었다. 너무 겁먹을 것은 아니지만 삶을 쉽게 보아서도 안 된다. 피곤함에 싸여 비몽사몽간에, 50여 분 나는 듯 달려온 기차는 우리가 내려야 할 오송역에서 긴 숨을 몰아쉬었다.

집으로 돌아오니 홀가분하다. 내 인생에 큰 숙제 한 가지를 끝낸 마음이다. 내가 결혼예식을 치른 게 얼마 되지 않은 듯한데, 자식이 결혼을 하니 마음이 이상하다.

긴 세월 서로 다른 환경에서 자라온 이들이 부부가 되었다고 하루아침에 습관과 사고방식이 같아지지는 않을 게다. 팔은 안으로 굽는다고 둘의 차이 나는 의견을 들으면 나로서는 딸아이를 편들어 주고 싶은 것이 인지상정일 게다. 의식적으로라도 사위 편에 서는 게 좋을 듯하다. 요청하지 않으면 웬만한 일은 둘이 해결해 나가도록 모르는 척하는 게 도와주는 일이지 싶다. 가만 두면 새로 된 부부는 티격태격 해가며 살아가는 법을 하나씩 깨우쳐 갈 것이다.

피곤한데 잠은 쉽게 오지 않는다. 내 수중을 떠났으니 이제 하나님께 맡기고 지켜볼 일이다. 잘 해나갈 거라는 긍정의 믿음을 가지고….

오늘은 내 생애에 유난히 긴 하루였다.

# 미리 쓰는
# 유서

먼저 놀라지 마라. 알 수 없는 일이지만 나는 쉽게 죽지는 않을 거다. 그러면서도 이 글을 쓰는 것은 최근에 읽은 책 때문이다. 갑자기 중한 병이 들면 환자의 생각을 몰라서 가족들이 많은 고생을 한단다. 환자 자신도 남기고 싶은 말을 못 할 수 있으니 평소에 준비해 두는 게 좋다는 데 따른 것이다. 내 부친도 예상치 못한 뇌졸중(腦卒中)으로 한마디도 못하고 돌아가셨다. 장인어른도 쓰러지셔서 혼수상태에서 깨어나지 못하고 가셨다.

결혼 전 가족들에게 먼저 고마움을 전합니다. 오래전에 돌아가신 부모님, 두 형님과 형수님 그리고 누이여 감사합니다. 저 막내도 언젠가 하늘로 돌아가겠지요. 어렵고 가난한 시절이었지만 그때를 늘 기억합니다. 모든 이들의 기억 속에는 가난과 어린 시절이 있는 가 봅니다. 한 가족으로 태어나 제가 가장 큰 혜택을 누렸네요. 고맙습니다. 미안합니다. 사랑합니다. 신념대로 살려고 애를 썼지만 다른 이들에게나 저 자신에게 늘 부족했습니다. 저의 한계였음을 고백합니다.

현재의 가족들에게 씁니다. 정말 고맙습니다. 이 말이 턱없이 부족함을 알지만 다른 말이 생각나지 않아요. 아내에게 감사합니다. 모순과 무능덩어리인 나와 긴 세월을 사느라 고생이 많았던 것을 잘 압니다. 힘든 일들을 다 감당하고 세 아이를 훌륭히 키운 것은 온전히 당신의 공로요. 단지 목회자라는 것 하나만을 믿고 지지해준 것이 고마울 뿐이요. 무엇 하나 제대로 해주지 못하고 젊음이 가고, 좁고 긴 어둡고 그늘진 길만을 걷게 한 것 같아서 미안하오. 세 딸들아. 고맙다. 너네는 힘들었겠지만 아빠는 너네로 행복했다. 모든 것이 부족한 중에 다 잘 커 주었구나. 모두 자신의 몫을 넉넉히 감당하리라 믿는다. 하나님께서 언제나 잘 지켜주실 거다.

지금은 내가 건강하다만 언제 무슨 일이 생길지 모르니 위험에 처할 때 이렇게 해 달라는 부탁을 하련다. 내가 불의의 사고를 당하거나 의식을 잃거든 생존을 위한 의료행위는 하지 마라. 하나님께서 이 땅에 머물라 하시는 동안 사는 거지, 우리는 이 땅과는 비교할 수 없는 하늘나라를 바라고 산다. 부르시면 기다렸다는 듯이 기쁘게 가련다. 모두가 모일 곳이니 시차(時差)만 있을 뿐이다. 이 땅에서 잠시 볼 수 없는 것이 서운하지만 더 큰 소망이 있으니 기다릴 수 있을 게다. 내 몸은 화장은 끔찍하니 먼저 매장했다가 20여 년 지나 화장하도록 해라. 내 소유물은 보존할 만한 게 없으니 적당히 처리해라. 책 중에 쓸 만한 것들은 주위 목회자들로 가지게 하라. 경제적으로 유산이 될 만한 건 아예 없으니 그 문제는 이야기할 필요조차 없구나. 교회 일은 함께 모여 상의해서 결정되는 대로 하면 좋을 게다.

가족들에게 하고 싶은 말은 세상을 좇아 살지 말라는 거다. 내 판단에는 작은 교회에 희망이 있다. 내가 평생을 그렇게 살았다만 작은 교회에서 신앙생활을 해라. 큰 교회는 제도에서 자유롭지 못하고 자본주의의 영향을 벗어나기 힘들다. 성도 개개인을 귀히 여기고 인간적 대우를 할 수 있는 곳은 작은 교회다. 목회자가족을 존경하고 도우며 살아라. 헌금생활을 철저히 하라. 특별히 감사예물을 많이 드리고 가능하면 항상 감사하라. 돈을 좇지 말고 하나님의 뜻을 먼저 생각하라. 내 경험으로는 믿음으로 사는 삶은 세상적인 것과 정확히 반대인 듯하다. 서로 배려해 마음상하는 일이 없게 하라. 모순될지 모르지만 감정을 충실히 표현하되 오해나 상처가 없도록 하라. 가장 중요한 것은 날마다 규칙적으로 성경을 읽고 그 안에서 사는 것이다. 교회나 목회자가 내 신앙을 책임져

주지 못한다. 자신의 신앙을 스스로 철저히 지키고 교회에서는 섬기는 삶을 살아라.

가족 중 누가 어려워지면 자신의 삶이 흔들리지 않는 한도 내에서 도우라. 도와준 것이 잘못되어도 원망하지 않을 정도가 상한선이다. 혼자 남는 부모를 늘 기억하고 잘 모셔라. 모든 결정은 의견일치로 하고 안 되면 시기를 늦추든지 아예 하지 마라. 교회를 삶의 중심에 두고 한번 정한 교회는 결정적 문제가 있지 않는 한 옮기지 마라. 그러니 처음 정할 때 여러 가지를 고려해서 신중히 하라. 교회가 오백 명 이상으로 커지면 옮겨라.

많은 것을 얘기했지만 성경이 언제나 우선이다. 밝히지 않은 것들은 성경을 따라 정하고 행하라. 언제나 하나님의 은혜를 기대하고 선을 베풀라. 하나님께서 항상 편들어 주실 거다. 천국에서 만나자.

2015. 7. 7.
작성자 **최 한 식**

# 다치 多癡의
## 위안

　　사람들은 어떤 일을 잘하기를 바라고 그것을 유능하고 편리하며 좋은 것이라고 생각한다. 그래서 열정으로 많은 시간을 쏟아 관련 기능을 배우고 자격증을 얻게 된다. 이런 것들은 자신의 재능과 유사한 분야이기도 해서 적은 노력으로도 남들보다 월등하게 잘 할 수 있는 능력을 갖춘다. 그런가 하면 같은 노력을 해도 남들만큼 결과를 내지 못하는, 그 분야의 능력이 현저히 부족한 상태가 '치(癡)'가 아닐까? 흔히 음치, 박치, 몸치, 길치, 기계치 등은 개개인이 거의 받아들이고 포기하게 되는 불편하고 힘에 겨운 부분들이다. 사람들 사는 곳 어디든 노래나 운동을 잘하면 금방 눈에 띄고 인지도가 올라가 인간관계에 호감을 주고 인정도 받게 된다. 반면에 음치, 몸치들은 그런 상황 자체가 괴롭고 손해 보는 느낌이다.

내 주변에 차에 관하여 박식하고 수리에도 능한 이가 있었다. 남이 잘하지 못하는 실용적인 지식과 기능을 갖추고 있으니 찾는 이가 많고 남에게 도움도 줄 수 있어서 부러웠다. 또 다른 분은 컴퓨터를 잘 다룰 줄 알아 많은 이들이 도움을 요청하고 그들과 쉽게 교제를 함께 하는 것을 보았다. 참 좋아 보였다. 나는 제대로 하는 것 하나 없이 인생을 헛살아 왔다는 자괴감이 들었다. 대부분의 '치'를 다 가지고 있는 나, 작은 키 약한 힘 부실한 신체 등 천부적 은총을 누리지 못함이 아쉽고 때로는 하나님께 대하여 서운하기도 했었다. 어느 곳에 있어도 편안하지 못하고 할 수 있는 것도 별로 없는 그저 그런 존재이다. 남들은 다 하는 컴퓨터도 노래도 일도 잘하지 못한다. 도대체 내가 다른 이들을 도울 수 있는 것은 무엇인가?

언제던가 컴퓨터를 잘하는 친한 이가 낮은 가격에 쓸 만한 것으로 한 대 조립해 주겠다고 해서 아이들에게라도 필요할 것 같아 부탁하여 들여 놓았다. 그 과정에서 그분과 전화통화도 잦아졌고 왕래도 빈번해져 관계가 더 밀접해졌다. 그런데, 가끔 컴퓨터가 말썽을 부리면 아내와 나는 거의 사용을 안 하니 불편함이 없지만 아이들이 성화라서 부탁을 하고 그분은 시간이 들더라도 와서 문제를 해결해 주곤 했다. 그 길지 않은 시간에도 그분의 전화는 수시로 울리고 통화와 약속잡기에 분주하다. 알고 보니 우리 집 외에도 관리하는 곳이 몇 군데 더 있고 어떤 곳은 고장이 아니더라도 사용법이나 궁금한 것들을 그때그때 묻는다고 한다. 더러는 오후내내 손을 보아도 안 되어서 밤늦게까지 고친 적도 있었다. 살펴보니 그분만 그런 것이 아니고 운동이나 노래 등을 잘하는 이들은 대부분 팀을 이루어 활동하느라 개인적 시간 사용에 많은 제약을 받고 있었다. 재능이 많은 이들도 그들대로 감수해야 하는 어려움이 적지 않다는 것을 알았다.

재능이 별로 없는 나 같은 다치(多癡)는 인원수를 채우는 일이 아니면 불려 다닐 일이 없고 누구도 시샘하거나 경쟁의 상대로 여기지 않으니 더 없이 편안하다. 남에게 감정적으로 감당하기 힘든 공격을 받을 때 힘이 없으니 참고 견딜 수밖에 없다. 그때는 속이 상했지만 시간이 지나 결과를 생각하면 그것이 오히려 다행이라는 생각이 들었다. 나에게도 신체적 힘이 받쳐 주었다면 과격한 행동으로 사고를 칠 만한 위기가 더러 있었다. 그때마다 나의 무력함이 원망스러웠지만 돌아보면 그 무력함이 나를 지켜 준 셈이다. 내 하는 몇 가지 일에 작은 진척이라도 있다면 그것은 나의 시간을 보호해 준 다치(多癡)의 덕이다. 그것은 주도적으로 시간을 사용할 수 있도록 나에게 허락한 하나님의 배려이며 재능 없는 일에 시간과 힘을 낭비하지 말고 받은 바에 집중하라는 무언의 경고이다. 천부적 재능을 지닌 사람들이 다수의 시선을 차지하는 동안 다치들은 그들의 시선에서 자유롭다. 결과에 무관하게 스스로 노력하여 완성품을 공개할 때까지 충분한 시간과 무관심이 보장된다. 다치는 재능 없음의 불편함과 시간적 여유를 맞바꾼 셈이다. 그것은 불편한 것임에 틀림없지만 관점을 조금만 달리하면 부담 없는 자유이며 여유로움이다. 나는 오늘도 다치(多癡)로 인하여 오롯이 주어지는 내 시간을 만끽하며 행복하게 하루를 산다.

# 잊었단
# 말인가 나를

힘이 든다. 어제 무리했나 보다. 안하던 운동을 갑자기 했더니 식은땀이 흐르고 다리에 힘이 없다. 집에 돌아와 도움이 될 만한 것을 눈에 띄는 대로 먹고 잠을 잤다. 일어나 보니 한 시간여 밖에 자지 않았는데 멍하니 맑은 정신이 쉽게 돌아오지 않는다. 아무 이유 없이 "잊었단 말인가 나를"라는 구절이 어설픈 멜로디와 함께 떠오른다. 어딘가 친숙한 리듬 같기는 한데 정확한 정체를 모르겠다. 찬송가 같지는 않고 복음성가인가 아니면 가요였든가.

혼미한 마음을 이끌고 검색을 해본다. 남궁옥분의 "재회"였다. 알 수 없는 일이다. 왜 갑자기 생각이 났을까. 가사와 악보를 찾아본다. 찾은 김에 인쇄하고 싶어서 프린터를 누른다. 친숙하지 않은 것들이 나타난다. 마법사를 설치하라 사진을 인쇄 하겠는가, 잘 모르니 그냥 이것저것 누르고 인쇄를 클릭하니 뭔가가 끝도 없이 인쇄되어 나온다. 당황스럽다. 악보 한 장 인쇄하려 한 것이 악보는 나오지 않고 모르는 것이 지지직하면서 계속 쏟아져 나온다. 정지를 시켜야겠는데 방법을 모른다. 다른 화면으로 넘어가도 여전히 줄줄이 인쇄되어 나온다. 어쩔 수 없이 종료를 한다.

잠시 후 다시 켜니 또 인쇄를 해 댄다. 웬만한 것은 실수를 해도 문제될 것이 없는 것 같은데 인쇄는 아니다. 용지와 잉크가 소모되고 당황스럽다. 뭔가를 뽑고 싶어 인쇄를 누르면 먼저 것이 또 나온다. 난감하다. 할 수 없이 딸에게 전화를 걸어 도움을 청한다. 프린터를 더블클릭해서 모두 취소를 하란다. 알려준 대로 해도 만만하지가 않다. 계속 같은 메시지가 뜨기도 하고 "삭제 중"이 사라지지 않기도 한다. 컴퓨터가 원망스럽다. 나보고 도대체 어떻게 하라는 건가. 컴퓨터 가게에 가서 프린터 매뉴얼을 달라고 했더니 지금은 매뉴얼이 없단다. 해당 제품사이트에 가보면 탑재되어 있단다. 나만 점점 더 시대에 뒤떨어지고 바보가 되어 가는 느낌이다.


과제물 작성법에 관한 특강을 세 시간여 들었다. 그런데 강의를 듣고 난 내 자신의 결론은 컴퓨터를 배워야 한다는 것이었다. 컴퓨터로 하면 십 분도 걸리지 않을 것을 그렇지 않으면 서너 시간 걸려도 할 수 없을 것 같다.

얼마 전에는 메일로 온 것을 저장하지 않고 작업을 하다가 예닐곱 시간 작업한 것을 다 날려 버렸다. 마음이 허탈하고 딱히 누구에게라고 할 수 없는 분노가 솟아올랐다. 이 시대적 괴물을 어떻게 처리해야 좋단 말인가. 그렇다고 이 녀석을 무시하고 살아가기는 힘들 것 같다. 이 녀석을 얼마나 잘 다루느냐가 필수 기술처럼 되어있는 현실을 나 혼자 아니라고 할 수도 없는 것 아닌가. 웬만한 것은 메일로 주고받고 필요한 자료를 유에스비에 담아 준다고 하니 나 혼자만 딴 세상사람 같다.

시대 문화에 뒤진다고 생각하지 않았는데 컴퓨터를 무시하고 살았더니 어느새 격리된 세상에서 혼자만 사는 것 같다. 우리나라 인구수 보다 더 많이 보급되었다고 하는 휴대전화 그 중에도 빠르게 진화하는 스마트폰을 사용하지 않으니 그로인한 소외감도 적지 않다. 카톡을 한다는데 나는 스마트폰이 아니니 자연히 제외되고 자기들끼리 연락을 주고받는다. 유용한 어플이 많으니 바꾸고 싶기도 하다. 그렇지만 그것이 있다고 해서 내 생활이 엄청나게 달라질 것 같지도 않고 연락하지 않던 이들과 뻔질나게 소식을 주고받을 것 같지도 않다.

이제는 다른 방법이 없다. 대다수가 사용하니 함께 살아가려면 더 이상 피할 수 없다. 힘써 노력하면 못할 것은 또 무엇인가. 남녀노소가 다 하는데…. 그들 보다 나을지는 모르지만 남들 하는 만큼은 나도 하겠지. 컴퓨터 사용이 생존의 기술이 되었으니,

막다른 골목의 절박함으로, 내 것으로 만들어 벌어진 격차를 좁혀 가야지. 어쩌면 현실세계보다 더 넓은 세상이 그 속에 자리하고 있는지 모른다. 인류의 역사가 가르쳐 주는 것은 새로운 문명을 빠르게 받아들이는 이들이 시대 흐름을 주도해 간다는 것이다. "잊었단 말인가 나를"이란 속삭임은 어쩌면 내 무의식 속에서 역사가 나에게 보내는 절박한 경고인지 모른다.

# 허방 치기

사방이 시멘트벽이라 못이라도 하나 박으려면 망치질이 잘 되지 않고 어떤 때는 불꽃이 일곤 한다. 어렸을 적 살던 집은 허술한 흙집이라 못이 쉽게 박히고, 벽지만 발라진 부분은 못이 그대로 푹푹 들어가곤 했었다. 그런 곳을 허방이라고 했다. 모자 하나 버텨줄 힘도 없는 곳이다. 그 허방이 벽에만 있지 않고 내 삶의 곳곳에 있었다.

허방에는 힘을 쓰지 않는 것이 상식이다. 하지만 나는 가끔씩 일부러 그곳에 적지 않은 힘을 쏟아 붓는다. 청소년기에는 한

동안 운동을 배웠다. 집에서도 자기 몸 정도는 스스로 지킬 수 있어야 한다고 했다. 돌이켜 보면 놀랍다. 적어도 일 년여는 족히 배운 것 같은데 파란 띠를 매 본 기억이 없다. 다른 이들은 심사를 보고 파랑, 빨강, 검정 띠를 맺는데 나에게는 그런 것을 권한 적이 없다. 그때는 몰랐었다. 그곳이 내게 허방이었다는 것을. 그래도 압박감을 느끼지 않았던 것은 내 삶에 별다른 영향이 없었기 때문이다. 새삼스레 그 일을 회상하는 것은 얼마 전에 알고 지내는 몇 분들과 태극권의 고수로부터 반 년 가량 태극권을 배웠다. 비록 한 주에 한 번이었지만 빠른 진전을 보인 이들은 혼자서 지속할 수 있는 수준에 이르렀다. 반하여 나는 배우는 시간에도 감을 잡지 못하고, 돌아서면 기억나는 것이 없었다. 힘을 받을 수 없는 허방이었다. 그러나 헛짓을 했다고는 생각하지 않는다. 그 순간이라도 건강을 위해 운동을 했고, 내 몸의 유연성에 도움이 되었을 것을 조금도 의심하지 않는다.

학생시절 학교에서 하는 일에는 평가가 따르고 성적이 부여되니 모두가 고통스러운 일이었다. 그러니 힘을 얻지 못할 것을 알면서도 노력하지 않을 수 없었다. 예체능의 유전자를 타고 나지 못한 것인지 아니면 하나님의 특별하신 섭리가 있는 것인지 그 분야는 내 노력에 무관하게 아무런 성과가 없었다. 그 오랜 세월 악기 하나도 배우지 못했다. 흉내라도 낼 수 있는 노래 한곡 없고, 완성한 그림 하나가 없고, 남들과 어울려 즐길 수 있는 운동 한 가지도 익히지 못했다. 한 교실에서 한 선생님에게 똑 같은 시간을 배웠으니 누구를 탓하랴. 누가 그런 얘기를 하면 나는 지금도 충분히 그 이상까지 이해할 수 있다. 학생 때야 그야말로 예체능으로, 인기는 있어도 대우받는 교과목들이 아니었지만 이 나라에서 살아가려면 얼마나 필요한 부분들인가. 자리가 마련되어 한 곡조 근사하게 뽑으면 분위기도 살고, 그림이 아니면 쓱쓱 스케치라도 멋있게 해내면 얼마나 폼이 나는가. 사람이 사회적 존재라고, 함께 모여 운동이라도 할 때면 대충 어울릴 수라도 있으면 서로 융화하기에 얼마나 큰 힘이 되는가. 그 모든 일들을 포기하고 사는 것은 생각보다 힘든 일이었다.

이 년여 전부터 겉보기에 만만해 보이는 악기를 배우고 있다. 이제는 평가와 성적으로부터 벗어나니 허방을 치는 것도 부담이 없다. 허방도 여느 일처럼 힘들어 질 수 있다. 다른 이들에 의해 인정을 받거나 스스로 욕심이 들어가는 경우다. 혼자 재미있게 하던 일도 자신이 어떤 단체를 대표해서 승부를 겨루게 되면 부담과 긴장이 더해진다.

나는 할 줄 아는 운동이 없어 그나마 만만해 보이는 탁구를 의도적으로 오래 해오고 있다. 삼십년 하고도 오년을 더 했는데 웬만한 이들은 한 육 개월 열심히 하면 나를 앞지른다. 탁구장에서 살펴보면 아예 못 치는 이들은 긴장을 하거나 부담을 느끼지 않는다. 그들은 실수해도 즐겁고, 마음먹은 대로 안 돼도 그만이다. 그런데 세월이 가고, 어느 정도 할 줄 알면 실력이 늘지 않는다고 힘들어하고 실수하면 속상해 한다. 그 상태에서 욕심을 내무리하면 팔을 다치거나 과도하게 많은 시간을 쏟아 붓게 되어,

얼마 지나지 않아 과유불급(過猶不及)을 절실히 체험하게 된다.

허방 치기가 도리어 삶에 유익하고 창조적이라고 여길 수도 있다. 아예 기대를 걸지 않으니 부담스럽지 않고 다른 이들에게도 여백을 줄 수 있다. 삶의 고단함과 긴장감의 공백을 느껴볼 수도 있고, 해방감과 함께 단조로운 반복에서 벗어남을 경험할 수 있다. 아무 생각도 없는 멍한 순간이 삶에 필요하다면 허방을 치는 순간이 바로 그런 때다.

삶을 확장하고 새로움을 경험하는 기회는, 늘 하던 익숙한 것을 한 번 더 하는 것이 아니라 평소에 하지 않던 생소하고 어색한 것을 시도할 때 다가 오는 것일 게다. 그 찰나에 의도하지 않은 낯선 것, 사용하지 않았던 우리 신체와 감정과 두뇌의 어떤 부분들이 활성화되는 즐거움이 찾아와 삶이 더욱 풍성해 지리라.

해보지 않은 일들이라서 시도조차 하지 않았던 일들이 얼마나 많았던가. 재능이 없다고 도외시했던 많은 일들을 이제는 기회가 되면 결과를 생각하지 않고 도전해보고 싶다. 그 중에 내 삶의 후반부를 함께 해 줄 기대하지 않았던 기막힌 분야들이 있을 줄 누가 아는가. 그것들은 책을 읽고 글을 쓰는 것과는 또 다른 신비감으로 내 앞에 나타날지 모른다. 허방이라고 여겨지는 곳을 여기저기 쳐볼 일이다. 기대하지 않았으니 실망할 일 없고, 허방이 아니면 내 가능성 하나를 더 하는 것이요, 허방이면 한 순간 번잡한 속세를 떠나 무릉도원을 거닐어 보는 것이다. 뻗어 손닿는 곳에 어디 허방 칠 곳 없는가를 눈 크게 뜨고 찾아 볼 일이다.

# 늘 미안한
# 맏딸에게

무슨 얘기부터 하는 게 좋을까.

벌써 오래 전 일이네. 네가 수학여행을 가던 고1 때 일로, 너와 나 모두 잊지 못하고 기억하는 일일 거야. 친구들은 거의 다 휴대폰을 갖고 있었지만 너는 없었잖아. 그것을 사줄 가정형편도 아니었고. 얼마나 갖고 싶었으면 전화와 문자 외에는 별다른 기능도 없는 것을 허락도 없이 여행에 가져가고 싶었을까. 그걸 그냥 넘기지 못하고 출발 직전의 버스에 올라 빼앗아온 아빠를 너는 또 어떻게 생각했을까. 친구들 앞에서 창피하고, 무능한 아빠가 밉고, 복잡한 심정이었겠지. 왜 그때는 네 마음을 전혀 헤아리지 못했을까? 지금이라도 그때로 되돌아갈 수 있다면 미안하다고 말하고 싶어.

예민한 중·고등학생 시절을 우리가 열악한 환경에서 살았잖아. 햇빛 안 들고, 난방 허술하고, 샤워도 불편한 곳에 살면서, 힘에 겹고 자존심도 지키기 어려웠을 거야. 가족이 다 힘들었지만 성격상 네가 제일 고통스러웠을 것은 말하지 않아도 알 수 있었어. 좁은 시장 골목에서 십대 후반까지 추억할 만한 것 없이 지내게 한 것을 어찌 미안하다는 한 두 마디 말로 다할 수 있을까.

고등학생 시절에 너는 학교를 자퇴하고 싶다는 말을 입에 달고 다녔지. 다른 집 아이 일이면 "인생이 길으니 한 두 해 방황해도 좋은 경험이 될 거라"고 할 수 있었을 텐데, 내 딸의 일이 되니 용기를 낼 수 없었다. 더 정확히 말하면 학교 아닌 다른 대안을 찾을 자신이 내게 없었어.

대학 입시 첫해에 "아빠, 두 군데 다 발표 났는데 제 이름이 없어요."라고 할 때는 네가 안됐기도 하고, 내 자신도 막막했었다. 쉽지 않은 재수시절, 학원도 제대로 다니지 못하고 힘겹게 홀로 이겨내고도, 자신의 의지를 꺾고 동생들을 위해 학비가 적게 드는 곳을 가야하는 네가 안쓰러웠어. 그 후로 언젠가 네가 공부했던 책들을 보고 학습량이 정말 많았던 것에 놀랐어. 걱정하지 않아도 자신의 일을 충분히 알아서 하는 것을, 너무 모르고 믿지 못했구나 하는 자책감이 들었었지.

얼마 전에 새 직장을 구하면서 차가 있어야 하겠다고 하더니, 십 년도 넘은 차를 구입하고는 그렇게 좋아했잖아. 그때도 내 마

만화처럼 처리한 가족사진

음이 아팠어. 너야 "처음 차는, 중고차가 좋대요."라고 했지만, 처음부터 새 차를 사는 친구들이 주변에 많다는 것을 아니까, 오래전 핸드폰 생각이 자꾸 살아나는 거야. 그 차를 우리 가족이 '찬찬이'라고 부르잖아. 너의 저돌적인 성격 때문에 다른 사람에게 피해를 줄 수도 있으니 항상 조심하라는 거지.

나이 들면서 알았겠지만 아빠가 경제적으로 많이 무능하잖아. 게다가 자상하지도 못하고, 다른 가족들처럼 나들이나 외식도 하지 않았으니 서운했을지 몰라. 일부러 그런 것이 아니라 그런 것들에 전혀 익숙하지 못해서였어. 내가 성격이라도 개방적이면 나왔을 텐데, 그렇지 못하니 모두가 고생을 한 거지. 지난날들을 생각하면 왜 그리 미안한 일들이 많을까.

그동안 가족 전체의 추억거리가 별로 없어 지난번에 관광지 몇 군데를 함께 갔었지. 어느덧 계획세우고, 사진 찍고, 무엇을 할

까까지 너희들이 다 알아서 하더라고. 셋 다 직장인이 되었고, 있는 곳에서 주도적으로 일들을 하겠지. 믿음직하면서도 한편으론 아쉬운 마음이 들기도 했어.

앞으로 우리가족이 다 같이 함께 할 수 있는 세월이 얼마나 남아 있을까. 지금도 모두 일이 바쁘니 시간을 맞추기가 쉽지 않네. 이제부터라도 좋은 추억들을 많이 만들어야지. 지난번에 온 가족이 미술전시회에 가고 연극도 봤잖아. 그런 것도 좋은 것 같아.

댓잎들이 짙은 녹색으로 돋아나고, 바닥을 따라 뻗어가는 호박잎들의 기세가 놀라워. 곧 가만히 있어도 땀이 흐르는 여름이 오겠지.

늘 건강하게, 직장인으로 또 대학생으로 의미 있는 삶을 열심히 살기 바라며.

2016. 6. 10.
미안한 아빠가

# 세월을
# 이겨내는 비결

　　스페인 북동쪽으로 심하게 기운 해안에 유명한 바르셀로나
가 있다. 수도는 마드리드지만 서울에 이어 제25회 하계올림픽을
개최한 곳이 이 도시일 만큼 중요하게 여겨지는 곳이다. 인구는
160만 정도인데 관광객이 한 해에 2,000만 명이 넘는다. 이 도시
가 스페인 국민총생산의 30% 가까이를 차지한다니 그 위상을 쉽
게 짐작할 수 있다. 이 곳에 세계문화유산이 9개가 있는데 그중에
7개가 안토니오 가우디의 작품이라고 한다. 관광객 대부분이 가
우디의 건축을 보러오는 것이다.

내가 바르셀로나의 카탈루냐광장을 찾았을 때, 한 떼의 갈매기들이 날고 많은 관광객들이 캐리어를 끌며 그곳을 지나가고 있었다. 반나절 여행에 카사밀라, 카사바트요, 구엘공원과 성가족대성당을 돌아보았다. 가히 가우디의 도시였다. 가우디의 건축물에 많은 이들이 열광하는 이유가 무엇인가. 어떻게 가우디는 세월을 이기고 그토록 대단한 건축가로 인정받을 수 있었을까. 그의 확신과 타협하지 않는 고집이라고 나는 생각한다. 건축에 대한 이해, 자연과 상상을 담은 독특성, 곧 비현실성과 비효율성이 그의 건축으로 세월을 이겨내게 했다고 추측했다.

　그는 몸이 약해 학교를 제대로 다니지 못하고 아버지의 대장간에서, 그리고 자연을 관찰하면서 많은 시간을 보냈다. 그것이 그의 작품세계에 큰 영향을 끼친다. 그가 건축전문학교를 다닐 때 건축물을 그려오라는 과제에 자연 풍경을 그려갔다고 한다. 자연과 건축은 뗄 수 없는 관계라는 것을 확신하고 있었던 것이다. 그의 졸업 작품도 교수들이 인정하지 않아 많은 어려움을 겪었단다. 대학 학장은 가우디를 졸업시키며 "우리가 지금 건축사 칭호를 천재에게 주는 것인지 미친놈에게 주는 것인지 모르겠다."고 하며 최하위 점수로 건축사학위를 주었다.

　가우디는 자신이 만든 진열대를 매개로 평생의 후원자 에우세비오 구엘과 만난다. 구엘의 후원으로 그는 경제적 염려를 덜고 자신의 건축세계를 펼치게 된다. 직선을 사용하지 않는 건축, 마음에 들지 않으면 몇 번이고 다시 하는 작업방식, 파도와 해초와 뼈를 연상시키는 곡선들을 자주 이용했다. 효율적이기는 기존의 건축 재료를 가지고 직선의 건물을 짓는 것이다. 그러면 적은 인력으로 짧은 시간에 최소의 자재를 가지고 실용적인 건물들을 지을 수 있었을 것이다. 그가 건물을 지었을 때에 수많은 혹평을 들었다고 한다. 그럼에도 그는 흔들리지 않고 자신의 확신을 지켜 나갔다.

바르셀로나 혹은 전 세계에 가우디의 건축과 비슷한 것이 별반 없다는 것은 무엇을 의미하는가. 효율적이지 않다는 것은 아닐까. 효율적인 것은 보편성을 얻는다. 그런 것들은 전화와 텔레비전처럼 순식간에 퍼져 나갈 것이다. 자동차는 그 효율성으로 많은 것들이 부수적으로 필요함에도 불구하고 짧은 기간에 온 세상을 뒤덮었다. 남들이 따라하지 않으니 희소성을 갖는다. 눈에 띄는 곳에 독특한 건물이 있으니 세월이 지나며 입소문을 탈 수밖에 없었을 게다.

그의 건축에는 용의 등허리, 도마뱀, 파도, 해초 같은 자연과 그 지역의 신화가 녹아들어 마치 동화의 세계를 연상시키는 듯하다. 그는 자연을 훼손시키지 않고 그대로 활용하여 놀라운 건축을 이루어냈다. 비현실의 세계를 현실로 가져온 셈이다. 가우디의 독창성이다. 경제적인 것을 우선하면 상상할 수 없는 일이다. 가우디에게 구엘이 없었다면 불멸의 작품도 이루어지기 어려웠을 것이다. 거꾸로 가우디가 없었다면 그런 건축은 아예 시도조차 할 수 없었을 것이다. 그 둘의 운명적인 만남으로 바르셀로나는 오늘의 모습을 가진 도시가 될 수 있었다.

가우디는 그의 생애의 긴 세월을 성가족대성당을 짓는데 바쳤다. 43년여의 오랜 기간을 그 일에 전념하는 중, 마지막 10년은 아예 거처를 성당으로 옮겨 그곳에서 숙식을 해결하며 성당 건축에 몰두했다. 그의 열정을 교계도 인정하여 금지된 높이를 허락해 주었고, 그의 유해를 성당에 안치했다고 한다. 가우디는 한 사람의 중요성과 영향력을 여실히 보여준다.

가우디가 보여주는 세월을 이기는 비결은 남들과 다른 길을 가는 것이다. 비록 비효율적이고 비현실적일지라도 흔들리지 않는 확신이 있다면 그것을 고집스레 지켜가는 것이다. 거기에서 희소성과 독창성이 생겨난다. 처음부터 인정받은 걸작품이 얼마나 될까. 파리의 에펠탑이나 인상파의 미술작품들도 처음에는 비웃음의 대상이었다. 가우디는 건축에 필요한 실질적인 연구를 엄청나게 했다. 균형을 잃지 않는, 무너지지 않는 건축을 하려면 관련된 분야의 방대한 지식이 필수적이다. 어설픈 지식으로는 자신이 원하는 작품을 만들어내기 어렵다. 분명한 지식에 근거한 확신과 굴하지 않는 의지, 상상력 그리고 열정적인 노력이 세월을 이겨내는 비결이다.

가우디는 그의 건축물들을 통하여 우리의 호기심을 자극하며 오늘도 침묵 속에 온 세상 사람들을 자신의 도시 바르셀로나로 부르고 있다.

# 신발 끈을
# 다시 묶는 마음으로

시원섭섭하다. 한동안 가슴 속에 돌 하나 얹힌 듯 묵직했던 것을 내려놓은 것 같다. 글들을 다시 읽어보니 손볼 곳이 여기저기 눈에 들어온다. 일일이 고치지 못함이 혹시 읽어줄 그 어느 분에게 미안할 뿐이다. 지난 날, 내 느낌과 생각의 흔적들이 오롯이 모여 있다. 글재주가 더 좋았더라면 하는 아쉬움이 남는다. 하릴 없는 푸념일 뿐….

이제 걸음마를 배우며 한 발자국 뗀 것 같고, 까마득한 건물의 첫 계단을 오른 듯하다. "타박, 타박, 지구 반 바퀴를 도는 마음으로 성실하게 글을 쓰겠다."고 한 다짐을 잊지 않고 있다. 시원찮은 제자에게 글을 가르치면서 제때 야단도 못치고 노심초사하시는 김홍은 교수님께 한 없이 고마울 뿐이다. 언제나 큰 은혜를 입으면서 한 번도 표현하지 못하는 내 자신이 민망하다. 그저 건강하게 오래오래 사시기를 기원드린다.

나를 아는 모든 이들에게 고마움과 감사를 전하고 싶다. 되지도 않는 글을 쓴다고 책상 앞에서 시간을 죽이고 있는 남편을 바라봐야 하는 아내의 힘든 마음을 모르지 않는다. 스스로는 나를 부르신 하나님께 바칠 내 삶의 한 부분이라 여기고 있음을 가족들이 알아주기를 바랄뿐이다. 늘 가족과 아내를 향한 미안한 마음을 떨치지 못한다.

무더위와 수해로 어려움을 준 여름이 가고 있다. 조금은 익숙해진 걸음거리로 시골길 같은 이 길을 양 길가를 두리번거리며 한없이 가고 싶다. 이슬비 내리고 먼지도 날리고 햇살이 너무 따가울지 모른다. 때로는 두런두런 두 셋이서, 왁자지껄 여럿이, 말없이 혼자, 외로움 타면서 갈 수 있는 데까지 가보고 싶다.

　이제 막 둥지를 벗어나 독립하려는 둘째에게 따뜻한 응원을 보낸다. 뛰기보다는 평소의 걸음으로 타박타박 오늘 네 앞에 놓인 길을 흥겨운 마음으로 걸어가라. 멈추지만 않으면 멀리 갈 수 있으리라.

　신발 끈도 다시 묶었으니 이제 또 타박타박 떠나련다. 자, 우리 같이 걸어가요.

2017. 9. 14.

**작품해설**

# 인생의 의미를
# 담아낸 곡조

김 홍 은 (수필가, 충북대 명예교수)

　　최한식 작가는 수필과의 인연은 오래 되지는 않았지만 그동안 문학에 많은 관심을 두고 있었다. 나와 최 작가와의 첫 만남도 어느새 4년의 세월이 흘렀다.

　　이분은 목사이면서, 아직도 대학생으로 대기만성의 인생길을 걷고 있다. 최 작가의 작품은 남다른 소재를 이끌어내는 재치로 제재를 문장으로 이끌어감이 특이하다. 어찌 보면 낯설기의 문장을 시도하는 것 같기도 하고, 어찌 보면 폭넓은 구상의 틀을 짜내고 있어 더러는 독자를 의문에 빠트리기도 한다. 이는 수필작품의 단조로움에서 벗어나고자 하는 작가의 특징일지도 모르나 자칫 주제의 산만성을 자아낼까 염려되기도 한다.

수필은 아무리 무형식의 글이라 하지만 그 틀을 깨기란 쉽지가 않다. 문학은 언어의 예술이다. 독선의 변화는 모험이 따른다. 독자를 잃는 글은 죽은 작품이 되고 만다.

최 작가의 글을 읽다보면 많은 생각을 갖게 하기도 하고, 삶을 깨닫게도 하는 깊은 맛이 담겨져 있다. 인생의 의미를 담아낸 곡조로 작품을 읽을수록 새롭게 음미할 수 있음에서 《변두리에 변두리가 산다》 수필집이 오래 기억된다.

〈오카리나〉는 최한식 작가의 수필 등단 첫 작품이다. 이 글을 읽다보면 소박하고 사회의 때가 묻지 않은 오카리나의 음률이 길게 울려오는 듯하다.

오카리나 하나가 내 앞에 놓여 있다. 자그마해서 위압적이지 않아 덜 부담스럽고 도자기라서 더 정감이 간다. 오카리나가 나와 오래 같이 있어 주고 외로울 때나 즐거울 때에 친구가 되어 주면 좋겠다. 어느 곳 무슨 사연이 서려 있는 흙이 골라져서 빚어지고 구어져 나에게 운명처럼 다가와 상념을 자아내게 할까? 수만 년 세월 속에 이 고장 저 마을의 흙과 바람과 물이 홍수와 태풍에 섞이고 온갖 사람과 동물과 풀과 나무의 뼈와 살들이 어우러져 풍화 침식되어 함께 구어진 저 자그마한 체구에는 희로애락의 모든 노래와 이야기들이 켜켜이 담겨 있겠지.

오카리나는 하나의 작은 사물일 뿐이다. 이 사물에 갖는 정감은 무엇이기에 외로울 때나 즐거울 때 친구가 되어주길 바라는 마음일까. 이 작은 악기로부터 나오는 소리는 마음을 편안하게 하고 차분하게 만들어주기도 하며, 감성을 자아내게 하는 매력을 담고 있기에 이끌리게 됨이 아닌가. 흙은 어떤 사연으로 선택되어 작은 물건으로 만들어 져 운명처럼 만나게 되어 많은 생각을 갖게 하느냐고 화자는 묻는다. 오카리나는 맑고 깨끗한 음률을 지니고 있음에서 마음의 움직임이 일어났음을 어쩌겠는가. 만고풍상의 세월을 담고 풍화를 거쳐 침식되어 있는 흙의 정체를 생각하며 희로애락의 모든 노래와 이야기가 스며 있음을 들려주고 있다. 사물로부터 깊은 사유의 의미를 던져주고 있다.

'어리석은 사람은 인연을 만나도 몰라보고, 보통사람은 인연인줄 알면서도 놓치고, 현명한 사람은 옷깃만 스쳐도 인연을 살려낸다.'고 한다. 오카리나와의 합일된 심정이 조용히 오카리나의 음률처럼 묻어나 있다.

쉬지 않고 하나하나 배우고 익혀 나도 내 나이 칠순 넘을 때
저녁노을 지는 개울가에서 내 아이들의 아이들 뛰어 놀 때에
펀펀 널찍한 바위에 앉아 오카리나 한 곡조 자신 있게 들려주
고 싶다. 또한 아이들 모아놓고 알아듣든 못 듣든 내가 깨친 삶
의 얘기도 해주고 싶다.

다분히 풍류적인 운치를 그려주고 있다. 인생의 연륜이 무르

익은 고희를 생각하며 아름다운 저녁노을이 지는 개울가에서 손자들이 뛰어놀 때 넓은 바위위에 앉아 오카리나를 부는 노인의 멋진 모습은 신선의 그림자를 연상케 하여 주고 있다.

인생 칠십이면 황혼기에 이르는 마음으로 서서히 삶의 발자취를 돌아볼 때다. 공자도 일흔이 되어서야 종심소욕 불유구(從心所欲 不踰矩)라 하지 않던가. 마음이 시키는 대로 해도 이치에 어긋나지 않는다고 하였다. 모든 욕심을 내려놓았기에 어떤 일을 해도 순수함이 있기에 그릇되지 않을 것이다.

멋은 아름다움이며 고고함이다. 인생의 의미를 담아낸 곡조가 멀리서 은은하게 들려올 것만 같다. 뜻을 이해하던 못하던 상관없이 깨달은 삶의 방향을 제시하고 싶다하였다.

입을 통해 내는 오카리나 소리는 아름답게 들릴지는 모르나 그 속에 담은 혼까지는 들려줄 수 없지만, 칠십 평생 경험에서 얻어낸 인생철학은 아름답게 들리지는 않겠으나 그 깊은 뜻은 느끼겠지. 화자의 가치관이 값지게 다가오고 있다.

모두가 헤어져 가고 오카리나만 내 앞에 오도카니 놓여 있다. 내 속도대로 가리라. 마음 비우고 오랜 세월 함께 하면 악기도 내 진심을 알아 자신의 비밀 털어 놓고 고운 소리도 한 서린 소리도 풀어 놓기도 하고 담아 주기도 하리라. 그렇게 세월가고 미운 정 고운 정 들리라. 내 운명의 오카리나 그때에 내 오카리나 되리라.

화자는 오카리나 하나를 두고 격조 높은 인생의 음률로 들려주고 있다. 모두가 떠나간 자리에 홀로앉아 오카리나를 두고 자신의 내면을 들려준다. 악기도 오랜 세월이 지나면 연주자의 마음을 담은 소리로 표현되기 마련이다.

소리의 곡조는 오카리나를 통하여 비밀도, 한 서린 슬픔을 담아 불다보면 어느새 미운 정, 고운 정이 들고 세월도 그렇게 가겠지 한다. '내 운명의 오카리나 그때에 내 오카리나 되리라.'

인생의 깊은 경지를 듣는 기분이다. 심충(深衷)으로부터 솟아오르는 맑은 샘물 같은 청량감을 선사한다.

음악이란 어떤 마음인가. 논어에 보면 문소 삼월불지육미(聞韶 三月不知肉味)라는 글귀가 있다. 공자도 제(齊)나라에 계실 적에 소악(韶樂)을 들으시고, 이를 배우는 3개월 동안은 고기 맛을 몰랐다고 하였다. 배움의 심취로 오감까지도 빼앗기고 말았다. 그러나 화자는 인생관을 한마디로 의연하게 표현하고 있다.

과연 배움의 도는 어디에 두어야 하는 것일까. 미련 없이 내 속도대로 가다보면 언젠가는 이루겠다는 달관된 마음이 여유롭다.

〈인정(人情)의 다리〉 작품은, 차들이 많이 다니는 번듯한 다리보다는 징검다리에 더 정감이 간다며 물을 건너기 위한 최초의 다리는 징검다리가 아니었을까. 생각하였다. 낮게 흐르는 개울에 누군가의 배려와 정성으로 놓인 돌 몇 개. 그 위를 조심스레 건너며 어릴 적 기억을 되살려낸 글이다.

그 징검다리를 수없이 건너다니면서도 돌을 옮겨다 놓은 사람의 따뜻한 마음을 미처 깨닫지 못했다. 나이 들어 이제야 훈훈하게 느껴지면서 징검다리라는 단어마저 내 가슴속으로 정겹게 파고든다.

징검다리는 막힘을 열어주는 물길이다. 왕래의 소통이다. 징검다리를 건너다니면서도 고마움을 느끼지 못하였다가 어느 날 누군가가 베풂의 고마움을 깨닫는다. 수많은 사람이 돌다리를 건너지만 생각 없이 지나칠 뿐이련만 화자는 감사함을 징검다리로부터 인정을 떠올려 준다. 돌 몇 개의 수고로움으로 많은 사람들에게 불편함을 잊게 하여 주는 돌다리에서 정을 느끼고 있다.

사람의 정을 안다는 것은 그 사람의 본성이며, 최 작가의 인품이 잘 들어나 있다. 문장을 통하여 정과 덕을 떠올리게 한다. 글을 쓰는 일은 자신을 들어내는 조용한 울림의 심어(深語)이다.

인정 많은 이웃들이 우리 집을 위한 섶 다리를 놓아주었다. 정말로 좋았다. 우리 집으로 가는 길가의 연녹색 풀들도 즐거운 듯 몸을 마구 흔들고 마치 동네 사람 모두가 아껴주는 듯 우리도 마음이 풍요로웠다. 한여름 비가 많이 와 다리가 무너져 내리면 우리 집은 동네와 단절되었지만 섶 다리는 며칠 안 가 다시 고쳐지곤 했었다. 가끔 꿈속에 그곳이 보인다. 그 언덕과 다리, 우리 집을 위해 마음을 모아준 이웃들이 그립고 또 보고 싶다.

오늘의 우리네 단절된 이웃, 단절된 소통의 답답한 삶을 징검다리를 통하여 비유적으로 들려주고 있다. 점점 야박해가는 인심을 어린 시절 소박한 마을사람들 이야기로 깨닫게 하여 준다.

징검다리 섭다리는 이웃과 마을을 연결시켜주는 인정의 다리다. 이제는 문명의 발달로부터 단어들조차 듣기가 어렵다. 길을 만든다는 것은 마음으로부터 덕을 쌓는 일이다. 알았으면 이를 행할 줄 알아야하며, 행함은 곧 실천할 때 변화가 오게 마련이다. 이런 뜻을 알았으면 소통할 줄 알아야 함을 화자는 이렇게 들려주고 있다.

'우리들 가슴에 인정(人情)의 다리 하나씩을 놓으며 살아갔으면….'

〈고등어 뼈에 대한 상상〉 작품은 생선을 사다먹고 상위에 바다고기 뼈만 접시에 남아 있는 것을 보고 은유적으로 표현하여 주었다. 인생사에다 연결한 일생의 변모를 느끼게 하고 있음을 높이 사고 싶다.

《변두리에 변두리가 산다》 수필집은 정서적이면서 인생생활 철학이다.

경험에서 얻어낸 사색은 값지게 마련이다. 작품마다 소재를 이끌어 낸 기발함이 번득인다. 그냥 지나쳐버릴 삶의 언저리에서 발견해내는 제재를 떠올려 연결해가는 수필의 기품이 돋보이고 있다. 사물을 바라보는 통찰력이 주제의 색다른 맛으로 많은 독자를 이끌어가고 있다.

　작가에게 하고 싶은 말이다. 글을 쓰다 보면 많은 어려움이 따른다. 주제를 이어가다보면 나만이 아는 것 같지만 지식은 오류도 있게 마련이다. 절제된 판단은 문장의 오판을 낳을 수 있음도 유념해야 한다.

　더 많은 연륜이 흐른 후에는 충분히 우뚝한 작품으로 명성을 얻을 수 있을 것으로 믿어진다.

# 변두리에 변두리가 산다

최한식 수필집

초판 1쇄 발행  2017년 10월 31일

지은이  최한식
펴낸이  노용제
펴낸곳  정은출판
주   소  서울특별시 중구 창경궁로 1길 29 3F
전   화  02-2272-9280
팩   스  02-2277-1350
E-mail  rossjw@hanmail.net
ISBN 978-89-5824-349-6 (03810)

값 12,000원

※ 이 책의 제작비 일부는 국가문화예술지원 충북문화재단 기금을 지원 받았습니다.